點子出版
IDEA PUBLICATION

序

　　點解咁都有第二集出世㗎？除咗因為點子出版嘅勇氣、我嘅戇鳩……應該仲有你哋嘅支持！

　　每次我去書局見到有人拎住第一集睇嗰陣，我都會成個痴漢咁拎本書扮睇，偷偷哋睇佢有乜反應……如果佢快速咁揭幾頁就放低，我會失落兩秒；如果佢慢慢睇到笑，我會開心足一日！

　　我好記得有一日喺書局，見到有個眉頭深鎖嘅叔叔，因為好奇心拎起咗本書，一路睇一路笑。之後放低咗，隔咗唔夠一分鐘，佢行返轉頭睇吓本書幾錢……就係咁，佢抱住本書，帶住微笑咁去收銀處～嗰刻，我爭啲喊出嚟！一嚟，我有錢袋！二嚟，我可以令到你笑係一件好幸福好叻叻豬嘅事！

　　雖然睇內文，我好似好不幸，成日俾人炳俾人隊～但係阿Q啲諗，我都仲未死呀～仲好似有啲麻木！而且仲可以因為呢啲事而令我哋相遇！（寫完硬係覺得怪怪哋，腦海浮現咗一班肉蟲，俾人欺凌完相擁嘅畫面……）

我希望你哋每一個都可以苦中作樂，喺人生中發掘到樂趣。記住！俾人話吓鬧吓唔會死，唔會少忽肉！如果少到忽肉，我就唔會咁……你懂的！

　　最後多謝你哋用寶貴嘅時間睇《診所 SM 大全》……呀！唔係，係《診所低能奇觀》！多謝你哋呢一年陪住我成長，包括點子出版嘅 Jim 同 Venus，冇你哋嘅照顧，我就出唔到書；多謝當初踢我去開 Facebook Page 嘅朋友們，冇你哋就冇珍寶豬；多謝屋企人無限量支持；多謝各位好讀者，部分成為真正朋友嘅更甚！

　　呢本係第二集，好大機會係最後一集。各位，再會啦！要活得比我好呀喂！勾手指尾！

　　P.S. 乜嘢叫序呀？食得㗎？有睇第一集嘅，唔係仲要我介紹本書嘛？冇睇到第一集？去搵啦～仲望？

珍寶豬

CONTENTS

診所低能奇觀2
FUNNY ✚ CLINIC

case	#33-63

CONTENTS

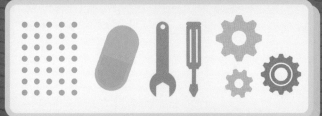

診所低能奇觀2

FUNNY ✚ CLINIC

#1-32

診所低能奇觀 2
FUNNY + CLINIC

case	symptom	揮春
#1	remark	

新年就到，診所都要佈置一番～

老闆一返嚟就畀咗張揮春我：寶豬，貼靚啲呀！

我接過揮春，一望，WTF？你估吓係乜？你估吓乜料？傻的嗎？「生意興隆」呀！

我望住張嘢，手都震埋，口又窒埋：你…冇事呀嘛？

老闆：做乜呀？

我：你唔覺得有唔妥咩？

老闆：有乜唔妥呀？

我：生意興隆喎？咒人病多啲呀？

老闆：開舖有乜問題？

我：診所唔同嘛……

老闆：……

我：一係咁，你貼，我喺隔籬貼「百毒不侵」或「身體健康」邪返住你……

老闆：咁我聽日拎「招財進寶」返嚟……

玩嘢咩？「心想事成」得唔得呀？諗錢諗得含蓄啲得唔得呀？

我：有冇「出入平安」呀？

老闆：有呀，拎埋呀？

我：拎啦拎啦，我要黐喺我個身度呀，睇怕今鋪都等住新年俾人燒舖…希望我走得切啦唉……

老闆望住我龐大而唏噓嘅身影：新年流流，你唔使咁呀嘛，咁你話黐乜好喇？

我：痴膠花啦痴膠花啦！

老闆：妖…… 🤍 1,798

恭喜你個發財！！

case	symptom	公眾假期
#2	remark	

某日公眾假期診所開得半日，得我一個返工～

電話響起，佢：今日診所有開呀？

我：開咗㗎喇～

佢：全日都有得睇呀？

我：今日開朝早咋，下晝唔開呀～

佢：吓？點解今日下晝唔開呀？

我：今日公眾假期嘛……

佢：紅日唔開㗎咩？

我：下晝唔開呀～

佢：你張卡片有冇寫？

我：有呀～

佢：咁我要睇醫生點算？

我：可以而家過嚟睇呀～

佢：我上晝嚟到睇就唔使問你啦～吓嘛？

我下晝開工就唔使叫你上晝嚟睇啦～你估我嘅興趣係同你喺度拗咩？

我：醫生今日下畫唔開喫喇～聽日就開全日嘅～

佢：你唔係覺得我可以等到聽日嘛？

噢，Sorry…原來你咁快就要……噢，你去急症啦～

我：小姐今日可以睇第二間先嘅～附近應該仲有 24 小時診所，真係唔好意思，醫生今日只係開半日咋～

佢：咁不負責任嘅說話你都講？你點做生意喫？

我：……

佢：離晒譜，開得半日搵鬼睇你啦！以後唔幫襯你呀！嘟……

被 Cut 線了……

噢，睇嚟小姐真係好趕時間～一路順風啦，唔好掛住我～～

🤍 6,689

case	symptom	攝氏與華氏
#3	remark	

有日有位小姐嚟到診所，登記後要求探熱～

耳探後，我：小姐，攝氏 36.2 度，冇發燒呀～

佢：頭先我喺屋企探發高燒，冇可能 36.2 咁低，係咪燒到有低溫症呀？

我：低溫症？冇呀～ 36.2 好正常…冇事呀～你頭先幾多度呀？

佢：好高㗎！我平時冇 36 㗎，而家得 36，係咪有事呀？

我：冇事呀，正常呀。

佢：唔係呀？姑娘你有冇認真同我探熱㗎？

我望住部耳機心諗：耳探機！你有冇認真同小姐探熱？可惡！唔出聲就得啦咩？我拎你去鞭屍㗎！

我：小姐，不如探多次？

嘟…36.4 度。

我：冇發燒呀，36.4。

佢：頭先又話 36.2？而家又 36.4？你部機壞㗎？

我：體溫可升可跌…電子嘢測量都可能有偏差～爭少少問題不大嘅…其實小姐你而家冇發燒，亦都冇低溫症～

佢：我頭先探成 97 度，咁都叫爭少少？姑娘你唔好咁敷衍人呀！細蚊仔都知爭幾多啦！

Diu……原來大家唔同 Channel 啫，我邊有敷衍你喎～我私人醒張珍藏版攝氏華氏換算表畀你慢慢欣賞啦～ 👍 6,226

醒少少唔使俾人小！

36.4℃ 定 97℉？

case	symptom	傳送便便
#4	remark	

有日診所電話響起，對方係一位女士：姑娘！

我：係，係～

佢：我 WhatsApp 咗張相去你電話度呀！你睇吓吖！

本能反應下，我拎起自己嘅手提電話望。兩秒後，我先醒起：痴嘅，我邊有畀過電話人～

我：小姐，我哋冇收過相呀，你係咪打錯電話呀？

佢：冇！你電話係咪 2XXX - XXXX 呀？

我：電話啱就啱，不過呢個電話收唔到相㗎喎～

佢：咁我 Send 咗去邊呀？你真係冇收到呀？

我：冇呀，診所電話冇收相功能㗎～

佢：你冇呃我呀？

我呃你做乜啫……

我：冇呀～

佢：咁邊個拎咗我張相呀？

暗戀你嗰個囉？一定唔係我啦！

我：我唔知……

佢：你睇真啲啦！

我：我冇得睇呀小姐…部電話根本冇呢個功能㗎～

佢：咁張相去咗邊呀？

我：你而家收線先，Check 吓自己部電話就知㗎喇～

佢：張相我影畀你哋睇㗎！

我好衰唔衰，份人衰在太多好奇心：乜相嚟㗎？

佢：我屙咗條屎好似有問題，咪 WhatsApp 畀醫生睇吓有冇問題囉！

哈利路亞………好彩電話冇收相功能，如果唔係我日日收相仲得了？喂！邊個暗戀咗太太篤屎，收埋張相自己歎？ 👍 4,342

―――― *comments* ――――――――――――――――

> **Cheung Yuk Wa**
> 呢位小姐啲思路好特別……

> **Hung Ngai Ka**
> 而家科技太發達，屎都影畀人睇……

case	symptom	仙丹
#5	remark	

朝早就收到電話：喂？

我：乜乜診所，早晨。

佢：係咪睇醫生有藥畀？

我：係呀。

佢：畀乜藥我㗎？

我：西藥。

佢：我打得嚟都知你係西醫啦，唔通畀中藥加應子我咩？

呀！知你又問？我有加應子都唔畀你！我自己食晒佢！

我：你睇乜病就畀乜藥你…

佢：你答咗我㗎嘛？

我：你睇乜病⋯⋯醫生會睇返你嘅情況而開認為你需要嘅藥畀你～

佢：同頭先咁答有乜分別？

我投降喇！你個標準答案係乜呀？可唔可以話我知呀？寫張貓紙枱底傳畀我吖？

我：先生，你想要乜藥呢？

佢：食咗會冇病冇痛！

我：……你嚟問醫生啦，拜拜……

我有嘅話，我唔使坐喺度同你廢噏啦～ 4,841

叫醫生畀粒靈丹妙藥我呀！

case	symptom	男 朋 友
#6	remark	

平安夜，診所普遍都早收工嘅，當然我都係～

臨收工前一個鐘，診所電話響起……

我：乜乜診所，今日 12 點 40 分截症嘅。

佢…聽聲應該係一個妙齡少女：我都冇問你㗎。

我：一句開場白啫～

佢：今日睇到幾點呀？

我：12 點 40 分。

佢：咁咪得返一個鐘？

我：嗯，係呀。

佢好大聲講：等埋我呀。

我：你 12 點 40 分前嚟到就得㗎喇。

佢：你等埋我呀！

我：12 點 40 分前，拜拜～

喺我放低電話收線前，我仲聽到佢仿佛在咆哮，對世界控訴種種不滿嘅聲音～等～～埋～～我～～呀！

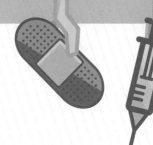

唔使 10 秒，佢又打嚟：你等埋我呀！

我：仲有成個鐘呀～你 12 點 40 分前嚟到就得喇～

佢：你應承咗等我㗎喇！

我：12 點 40 分前嚟到有得睇……

佢：我叫 XXX，你應承咗㗎喇！

我：我冇應承你任何嘢！

佢：耶！我唔制呀，你應承我先呀！

我：小姐，我唔係你男朋友……

佢：我摸門釘點算呀？

我：仲有成個鐘啊，粒釘好遠呀？

佢：你應承我先啦！

我：我應承你 12 點 40 分前嚟到有得睇……

佢：咁我而家換衫出門口啦，等埋我呀！嘟……

我真係唔係你男朋友呢…… 👍 4,397

case	symptom	
#7	嗱叔	
	remark	

一個叔叔行入診所，到登記處時哄埋嚟我度…我立即彈開問：乜事呀？

佢：嗱，我就冇喺度睇過嘅。

我：咁登記囉。

佢：嗱，我就唔知咁提議得唔得？

我：乜……呀………

佢：嗱，我就要補假紙。

我：補？你冇喺度睇過，要補搵你嗰日睇嘅診所。

佢：嗱，我就唔記得咗。

我：呢度幫你唔到。

佢：嗱，我就去咗幾日旅行，唔記得咗睇醫生。

我：呢度幫你唔到。

佢：嗱，公司就要我畀病假紙，如果唔係就炒我。

我：呢度幫你唔到，去旅行就拎大假啦！

佢：嗱，係公司唔批我大假，我先病。

我：呢度幫你唔到。

佢：嗱，補發畀我得唔得？

我：唔得。

佢：嗱，你賣一張畀我，我自己填，如果唔係我工都冇。

我：唔得。

佢：嗱，我工都冇呀。

我：我賣畀你，我工都冇呀，我哋兩個一齊入去坐監食橙喋呀！

佢：嗱，你唔講邊個知，病人有私隱條例，你唔講得畀其他人知喋嘛。

我：你應該誤解咗……

佢：嗱，唔講冇人知啦。

我：阿叔，你搵你個仔啦，嗌佢快啲做醫生幫你啦，我同你冇親嘅，唔會擺自己上枱喋……

佢：嗱，一次就得啦。

嗱嗱嗱嗱嗱嗱嗱嗱嗱嗱嗱嗱嗱！唔嗱得呀！嗱！今次你有機會環遊世界啦！ 6,715

────── *comments* ──────

Charmaine Wong
嗱，寶豬姐，你又成功洗咗我腦喇！

Sam Koala
診所門口要貼張大字報「沒病沒痛，假紙免問。」

case	symptom	採購
#8	remark	

✐ 有日有個講嘢唔咸唔淡嘅女人打嚟：喂，搵彩鳩部同屎呀！

我：乜嘢彩鳩部話？

佢：彩～鳩～部同屎呀！

我：冇呢位同事喎！

佢：奶公司唔屎彩鳩㗎？

我：唔使⋯

佢：文巨呢？

我：自備。

佢：鞭打呢？墨水呢？

我：唔要。

佢：你公屎係乜公屎呀？

我：你自己查黃頁啦。

佢：拱奶要唔要買鳩擦文巨呀？

我：唔要。

佢：奶地矛嘢要彩鳩呀？巧平喎⋯⋯

我：唔要。

佢：搵奶地個同屎同我傾吓呀。

我：唔要。

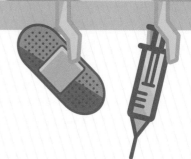

佢：鞭打巧平呀！

我：唔要。

佢：奶乜都唔要，有矛嘢係要㗎！

我：唔要唔要。

佢：#%$#<$……

我聽到佢好激動咁一路講鄉下話一路 Cut 線……

診所經常都收到呢啲推銷電話（相信 Office 都係）～我冇乜嘢做嗰陣都會聽吓講吓……如果可以，下次搵個講嘢唔好咁多 99 聲嘅好嗎？ 👍 2,867

我唔玩 SM 㗎，過主啦～

鞭打呀！

鞭打呀！

鞭打呀！

case	symptom	扯…鼻鼾
#9	remark	

有日有個太太嚟到睇醫生，入到醫生房……醫生都未開口打招呼，太太檁都未坐好，就立即開口……

太太：醫生，唔係我要睇呀，唔係我有事呀！

醫生：咁你乜事登記呢？

太太：我幫我老公問啲嘢咋！

醫生：乜事呢？

太太：我老公扯到好犀利！

醫生：太太，你指邊方面扯呢？

太太：扯鼻鼾呀！咮！幾十歲人諗乜呀？

醫生：哦…冇……

太太：佢扯得好犀利㗎！張床好似曉震咁㗎！我晚晚俾佢搞到冇覺好瞓呀！

醫生：咁嘅情況，你都要叫你先生親自嚟見見我先。

太太：有冇啲乜藥可以畀佢食住先？等佢冇得扯？

醫生：你帶你先生嚟咗先，都要去專科做檢查㗎啦！

太太：哱！去專科我都識去啦！仲使乜搲你呀？

醫生：咁你直接去專科都得。

太太：你冇啲乜嘢藥畀佢食住先咩？

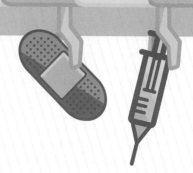

醫生：冇㗎。

太太：嗰啲乜 B 雜呀，維他命呢？

醫生：冇用。

太太：你唔識醫呀？扯吓鼻鼾都冇得醫呀？你咁拖我症迫我頭家散啫！

醫生：要去專科做咗檢查先呀。

太太拍枱：我拎個枕頭焗死個衰佬仲快啦！使鬼睇呀？

太太講完呢句，立即起身，頭也不回直衝出診所……

殺人犯法㗎！要俾人隊屎忽塞番棍㗎！如果先生你未死，可否留言報個平安？如果想報仇就搵返你太太啦！ 👍 3,823

comments

Brian Leong
冬天有開「鼻鼾中心」㗎，送佢老公去啦！

珍寶豬
我居然 Load 咗陣，間「鼻鼾中心」係咪好多人扯鼻寒……

Lyrics Au
醫生有冇扯……火呀？

case	symptom	八 號 風
#10	remark	

有日我哋返返吓工，天文台公佈即將改掛八號風球。過往經驗，我哋全診所姑娘加醫生都會喺一個鐘內清場，因為我哋都唔係住診所附近，個個都係跨區工作嘅～

醫生知道改掛八號後 50 分鐘就嗌我哋截症，呢個時候電話響起了⋯⋯

對方：喂？係咪診所呀？

我：係呀。

對方：就快八號，你哋係咪收工呀？

我：係呀。

對方：我收咗工喫喇！

咁點呀？你打嚟關心我哋收工未？

我：咁⋯⋯我哋都截咗症，閂門啦。

對方：我等緊車返嚟喫喇！你預我 70 至 90 分鐘左右返到吖！不過可能塞車呀！

我：我哋收工喫喇，醫生唔係住附近要早啲走呀～

對方：你哋收 7 點 30 分喫喎！

我：打風嘛⋯⋯

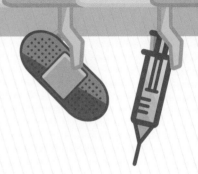

對方：你哋喺室內都影響唔到啦！

我：醫生都要返屋企嘛…

對方：而家好好天呀！一啲都唔似八號呀！

我：唔好意思，截咗症喇。

對方：喂！我住樓上㗎！

我：截咗症喇。

對方：你哋喺室內驚冧樓定山泥傾瀉呀！我老闆啱啱先放人！你等埋我啦！我唔想聽日朝早睇呀！

我：截咗症喇拜拜～

我收線後冇耐，佢又打嚟…

對方：喂？你哋出去因住俾招牌砸死呀！出面好危險㗎！一個招牌砸死你冚家呀！嘟…嘟…嘟…

呸！好彩係我聽呢個電話啫！好彩大肚同事一早走咗，如果俾佢聽到，佢一定喊到變豬頭！👍 6,682

case	symptom	富貴診所
#11	remark	

有日有個新症嚟到，登記完坐低～坐咗一陣，佢就周圍望，好似搵嘢咁～佢行到去水機面前，望吓左望吓右……

之後行嚟登記處問我：姑娘，得呢部咋？

我：水機？係呀。

佢：冇其他啦？

我：冇啦……

佢：咖啡機嗰啲擺喺邊呀？

我：我哋冇呀……

佢：上次我去嗰間有嗰啲粒粒咖啡畀人沖嚟飲㗎喎！

我：我哋呢度冇呀。

佢：咁得水飲咋？

我：有熱水同凍水……

佢：乜你呢間咁霉㗎，咖啡都冇嘅，上次嗰間水機都兩部啦，又大……

我：嗯……

佢：人哋落重本裝修，坐都坐得舒服啲。

我：嗯……

佢：啲姑娘做嘢都醒神啲……

我：嗯……

佢：邊似得呢度咁 Cheap……

其實我哋仲有洗手間，入面提供多種飲品，包你飲到飽，嫌齋飲唔夠呀？我哋仲有不定時點心提供㗎喎，幾時有？有人急屎咪有囉！如果我知你大駕光臨，我就今朝留返件點心畀你配咖啡啦！

♡ 5,432

乜都右真係
好 Cheap 囉！

Hi

你嚟歎咖啡㗎？

case	symptom	出 少 藥
#12	remark	

有位小姐睇完醫生拎咗三日藥，三日後……

佢嚟到診所，拎埋個吉藥丸袋放喺枱面：你畀少咗藥我呀，畀返我呀！

我：吓？畀少邊隻你呀？

佢：全部都係！

我：…畀少咗幾多粒你？

佢：你自己數吓咪知囉。

全部吉袋，點數呀～定係小姐你睇到嘅同我睇到嘅唔同？好邪呀！

我：吉袋邊有得數…小姐你不如話我知少咗幾多粒，我補返畀你啦～有時人手執藥少咗一兩粒都有機會嘅～

佢好大反應咁高八度：乜一兩粒呀？你點止畀少一兩粒呀！

我：冷靜啲先，唔使緊張呀，我畀少咗幾多呢？

佢：三日囉！

三日前我畀吉袋你，三日後你先嚟話我畀少咗三日藥你？

我：醫生開三日藥畀你呀～你意思係三日前我一粒藥都冇畀你呀？

佢冷笑：你係咪低能㗎？冇藥畀我，我食乜呀？你當我盲㗎？

我：咁你畀少三日藥嘅意思係？

佢：你畀少三日藥我呀！你唔知我要食六日先好㗎咩？

唔知，我又唔係你肚入面條蟲，你唔講要六日藥，我點知？

我：嗰日你冇同醫生講明要六日藥，所以醫生先畀三日藥你呀～我哋一般都畀三日藥㗎～

佢：唔好講咁多，講到尾都係你哋做嘢唔仔細唔細心，我要食六日先好到，而家唔上唔落又要重新食過！

我：咁我究竟配多三日定六日藥畀你？

佢：仲要我教你做嘢呀？

收到明白！等等呀，我去問米先！🖤 4,680

case	symptom	勤 力 打 工 仔
#13	remark	

一位後生仔嚟登記，問我：姑娘，呢度係咪有假紙？

我：睇醫生呀？醫生認為你需要休息就會開病假畀你。

佢：有幾多日？

我：醫生因應你嘅病而決定。

佢：我唔可以講要幾多日㗎？

我：你見醫生嗰陣同醫生講呀。

佢：我老闆叫我拎幾日假休息㗎。

我：嗯，一陣同醫生講呀。

佢：我老闆話我放幾多日都得，醫生寫返假紙畀我就得㗎喇。

我又唔係醫生，假紙又唔係我寫，因乜解究你哋咁歡喜同我告解呢？

我：嗯，見醫生先同醫生講呀。

佢：我老闆叫我夠先返工㗎，哋耐啲都得！

我：哦，我都成日聽到我老闆咁講～

佢：咁你試過放咗幾耐假？

我：我冇試過呀，我同事試過，到而家都唔使返工呀。

佢：咁筍？

我：嗯，我老闆炒咗佢啦嘛，鍾意放幾耐咪放幾耐⋯成日詐病射波，你估我老闆傻嘅咩～明眼人一睇就知乜事啦！

之後佢再冇出過聲，就咁坐低等嗌名見醫生，睇完之後⋯咦？點解淨係拎今日上晝假紙嘅？後生仔好勤力呀！ 3,927

我突然
好鍾意返工～

case	symptom	借印
#14	remark	

有日電話響起～

我：早晨，乜乜診所。

佢：早晨呀，小朋友未喺度睇過，寫唔寫嗰啲入學健康證明㗎？

我：寫呀，收費係 $XXX。

佢：吓？要收錢㗎？

我：係呀。

佢：係咁易剔吓嘢咋喎！

我：見醫生就要收費呀～

佢：我自己剔都得㗎，你借個印畀我印一下呀，我唔見醫生都得
㗎！

我：啲健康證明要註冊西醫填，唔可以自己填㗎……

佢：我知我個仔冇病冇痛呀，我晏啲嚟，你借個印畀我得㗎喇！

我：我哋診所印唔借㗎～喂？小姐？小姐？

被 Cut 線了……

兩個鐘後，一位女士到診所，拎住張已經填好晒嘅健康證明表
格：我今朝打過嚟㗎，姑娘應承咗我，話咗借個印畀我！

小姐，你太年輕了，你真的以為我診所有好多位姑娘嘛？從來只有我一個喺度聽電話⋯⋯

我：小姐，我今朝冇應承過你，仲嗌你唔好自己填嘅⋯⋯

佢知道自己事敗了：係咩？我冇留意喎，都填咗啦。

我：你要填嘅話，要帶埋小朋友嚟呀。

佢：我填咗㗎喇，爭個醫生印咋！

我：要醫生填嘅，唔係你填～我哋唔會借印嘅⋯⋯

佢：借個印又唔係拎你錢，你又冇蝕嘅，咁都唔借畀我？你咁簽個名剔幾吓就收我錢咪好過去搶？

路人甲太太突然爆出：去文具舖整個印都係幾雞嘢咋嘛，你咁鬼蠢嘅？

咁算唔算唆擺他人犯法⋯⋯？唔好咁做呀！Pat pat 會痛㗎！

👍 5,557

comments

Maggie Ho
我覺得唔係唆擺嘅，係串人多啲⋯⋯

珍寶豬
説者無意，聽者有心～
希望佢冇跟住做～

case	symptom	正義婆婆
#15	remark	

一個男仔到診所，佢：姑娘，我未睇過喺！

我：麻煩你身分證～同埋寫低聯絡電話同地址呀～

佢：哦。

我入晒身分證資料後，抬頭諗住拎埋地址同電話啦，點知見到佢乜都冇寫……

我：未寫地址電話嘅？

佢：冇筆點寫？

撞鬼呀？頭先明明放咗三支筆喺枱面喫？

我遞上我支私伙筆：哦？咁你用住呢支先～

到佢寫完，又唔見咗支筆……

我：先生，我支筆呢？

佢：乜筆呀？

我：我頭先借畀你嗰支呀～

佢冇理到我就咁行咗去櫈度坐，坐喺隔幾個身位嘅婆婆就同我講：

佢放晒落佢袋度呀！我睇住佢袋㗎！

佢好大反應：阿婆你唔好亂講嘢呀！有病睇醫生啦！

婆婆：我睇住你袋㗎！衰仔！

我：先生，你拎返啲筆出嚟啦！

佢：我冇拎過！

婆婆：正衰仔！你即係話我講大話呀！衰仔！衰仔！拎返來呀！

佢：睇醫生啦你！

婆婆越講越激動，仲喺張櫈度左右右左移動 Pat pat，瞬間移動到個男仔隔籬，一路講一路打佢膊頭，打到啪啪聲！

婆婆：衰仔！（啪啪）好學唔學，學人偷嘢！（啪啪）拎返來呀！

個衰仔⋯唔係，係個男仔不敵阿婆發火攻擊，企咗起身，一路講一路行出診所：屌，我唔睇喇，呢個老嘢癲㗎，睇醫生啦你！

婆婆唔忿氣追住出去：正衰仔呀你！拎返來呀！衰仔！

診所突然變得寧靜了，醫生行出嚟問：個後生仔呃咗阿婆隻豬呀？

我望住咁重口味嘅醫生，啞咗⋯⋯ 👍 4,839

case #16	symptom	滴眼仔
	remark	

一個姨姨眼仔乾，睇完醫生，我出藥時講：眼藥水一日滴三次，每次滴一至兩滴，開咗一個月之後就記得唔好再用啦～

姨姨：咁即係一日滴幾多次？

我：三次。

姨姨：滴三滴呀？

我：一兩滴就夠啦。

姨姨碌大對眼：我隻眼好大！夠唔夠㗎？

許志安都夠，你應該都夠⋯⋯

我：夠㗎喇⋯⋯

姨姨：我隻眼好大喎，夠滴幾耐呀？

我：起碼夠滴一星期以上⋯⋯

姨姨：我隻眼好大喎，畀多支我呀，我怕唔夠滴呀！

我：配多支要加錢呀。

姨姨：我隻眼好大喎，唔夠用㗎，你問吓醫生畀多支得唔得呀？

我：得呀，加錢就得啦⋯⋯

姨姨：我唔畀錢呢？

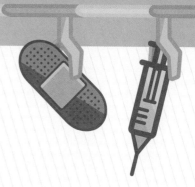

我：唔畀咪冇得配多支囉⋯⋯

姨姨：哦～開咗一個月之後唔用得呀？

我：係呀。

姨姨：咁你話用得一個禮拜，我咪有三個禮拜冇得用？

我：唔係要長期滴㗎，冇事就可以停⋯⋯

姨姨：我而家有事喎。

我：所以而家滴⋯⋯

姨姨：你保證到我一個月後冇事？到時眼藥水又唔用得咁點算？

我：如果一個月後仲係咁，你要見多次醫生啦，有可能要轉介你去眼科⋯⋯

姨姨：咁你即係唔醫我啦。

我：而家醫生咪開咗眼藥水畀你⋯⋯

姨姨：你哋都保證唔到我一個月後係點！

我：我都保證唔到自己下一分鐘會唔會爆血管⋯你返去滴咗眼藥水先啦⋯⋯

姨姨：我覺得你敷衍緊我！

我：⋯⋯我冇呀⋯⋯

姨姨大嗌：**醫生！醫生！醫生呀！你出嚟呀！我要投訴佢呀！**

醫生⋯我都要投訴佢呀！醫生⋯醫生呀！ 4,128

case	symptom	水痘
#17	remark	

有日朝早一個媽媽帶住個小妹妹嚟登記。

媽媽：姑娘，醫生寫唔寫證明信㗎？

我：證明啲乜嘢呀？

媽媽：我想寫張紙交畀學校，證明佢可以返學呀！

我：喔？妹妹乜事呀？

媽媽：佢生水痘咋嘛，我睇咗第二個醫生㗎喇，有藥食緊㗎喇，你唔使畀藥我，寫張紙得㗎喇！

我：佢啲水痘結咗焦嘑？

媽媽：就㗎喇就㗎喇，幾粒咋嘛，邊有咁易傳染到人呀？

我：要等結咗焦收晒水先可以返學㗎～

媽媽：小小嘢都唔畀返學點得㗎？我日日對住佢都冇事啦！邊有咁易傳染到畀人呀！就算有都係佢哋抵抗力差，關我個女乜事？

賤格！賤格！賤格！奴隸獸奴隸獸！東一腳西一腳給批鬥！抱著頭退後～十秒便失手～！咁都講得出？

我：妹妹出水痘其實都唔係咁舒服嘅，不如畀佢喺屋企休息吓啦，醫生見到未結焦都唔會寫佢返得學㗎～

媽媽：佢得㗎啦！得幾粒咋嘛！篤穿佢得唔得呀？

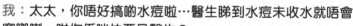

我：太太，你唔好搞啲水痘啦…醫生睇到水痘未收水就唔會寫㗎喇～咁你係咪仲要見醫生？

媽媽：寫唔到係咪唔收錢呀？

我：醫生都會收診金呀～

媽媽拉住妹妹：阿女走啦，去搵間寫到嘅！

祝妹妹好運……  4,311

case	symptom	美人威雄
#18	remark	

有日有個廿幾歲女嚟登記～

我：早晨，喺度睇過未？

佢左望右望，唯獨唔望我：未呀。

我：身分證明文件登記呀～

佢：即係身分證呀？

我：係呀。

佢喺裙袋度拎出一張身份證，「啪」一聲咁放喺枱面……

我接過一望，咦？個名咁雄赳赳嘅，威雄喎！再望埋性別年齡，喂！佬嚟嘅！我忍唔住企咗起身，抱住好大嘅好奇心望吓佢有冇腳毛！

冇㗎喎！仲幾白滑，望落對腳仲好幼吓…威雄，平時你用邊隻脫毛，做開乜運動，食開啲乜呀？你好正呀！畀啲心得我吖～

咪住！我忍咗呀？咳咳，我係一個正經人……

我：威雄先生，你住邊呢？

佢：我叫情美呀，威雄係我老竇呀！

呀！一切嘅謎底解開啦！你袋住你老竇張身分證做乜春呀？

我：咁小姐你張身分證呢？你睇醫生呀嘛？

佢：我得我老竇張身分證咋。

我：你嗰張呢？

佢：我冇身分證。

你偷渡㗎？999 電話幾多號呀？我要舉報呢度有 II 呀！

我：你冇身分證？咁有冇 Passport ？你睇醫生要用自己嘅身分證明文件登記㗎～

佢：我冇 Passport 呀。

我：唔好意思，唔好介意我咁問，你係咪人蛇？今日啱啱入境又有啲水肚不服，所以入嚟睇醫生？

佢：我擺咗喺屋企冇拎出嚟啫……

我：咁你要唔要病假紙同收據呢？

佢：要假紙。

我：咁你返屋企啦……

佢：唔睇得呀？

我：你返屋企拎咗身分證再嚟啦……

佢：我住得好遠㗎喎……

我：咁你記得返去嗰陣要光明正大啲，唔好行到縮埋一嚿，如果唔係俾警察知你咁大個女都冇身分證明文件就麻煩喇……

佢：吓……

我：仲有…畀返張身分證威雄自己袋啦……

佢：吓……

我：拜拜～

佢：吓……

送客！ 🤍 6,677

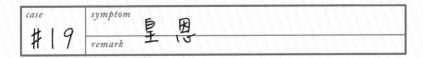

case #19	symptom	
	remark	皇恩

有日有位太太入嚟診所，企咗喺登記處前周圍望。

我：小姐，係咪登記睇醫生？

佢：你呢度有冇牌㗎？

我：有呀，係註冊西醫。

佢：名牌畢業㗎？

我：應該都算係……

佢：外國返嚟嘅？

我：唔係呀……

佢：咁都只係啲三流醫生呃飯食啫。

乜事呀？入嚟踩場㗎？

我：咁小姐你去搵心目中嘅醫生啦……

佢：呢頭附近有冇啲似樣啲嘅醫生呀？

我：個個醫生開得診所都有牌嘅。

佢：我想搵個外國回流返嚟，啱 Channel 啲，我都係外國返嚟，喺嗰度住咗咁多年，返到嚟香港真係好唔慣！

我：嗯…咁你去搵吓～

佢：外國啲嘢靚好多。

我：嗯……

佢：節奏又唔同。

我：嗯……

佢：水都唔同啲。

我：嗯……

佢：嗰度啲醫生姑娘都好 Nice。

我：嗯……

係啦係啦，放個屁都香啲啦～知啦知啦叻叻～

佢：你呢度睇醫生幾錢？

我：$200。

佢：What？$200？Oh！So cheap！

我：……

佢：睇幾多個先夠生活呀？

我：……

佢：係咪好等錢使呀？

我：……

佢：唉，你同我登記啦，我睇吓同佢夾唔夾到啦。錢我有，你叫佢畀啲靚藥我呀，唔好求求其其呀！唉，香港地做醫生又真係好難搵食嘅，仲要可能冇料到。唉，登記啦，我廢事周圍搵醫生啦，試一次啦！夾到就長期幫襯啦！

真係皇恩浩蕩，謝主隆恩啦！醫生交戲啦！佢咁為你著想，你快啲喊畀人睇啦～ 🤍 4,012

case	symptom	
#20	remark	撳水吹

有日診所忙忙哋，新症母子登記睇醫生～個小朋友初初都坐得好定好乖，隔咗陣，佢就開始周圍行，不停拍手加大叫⋯⋯

叫咗唔夠五聲，就有位女士好大聲喝住個小朋友，仲指住個阿媽講：你控制吓你個仔啦！

媽媽連聲道歉，但小朋友仲係咁嗌⋯⋯

女士繼續講：喂！你唔識教唔好生啦！嘈死人喇！

媽媽都係道歉道歉同道歉⋯之後去安撫小朋友～小朋友繼續拍手同周圍走，但冇再嗌了，女士就一直睥住佢⋯⋯

我見媽媽個樣好尷尬，就叫媽媽過嚟細細聲講：不如你同仔仔出去行吓先呀，冇咁快到你呀，就到你嗰陣我打畀你呀～（平時冇呢個服務㗎，你哋睇完唔好個個要姑娘咁做呀！）

於是母子出去了⋯

位女士見到佢哋走咗就望住我撳水吹：終於靜晒啦！都唔知乜人嚟！離晒譜！畀著係我掌佢嘴啦！由得個仔係咁發癲！姑娘你做得好呀！趕佢哋走就啱啦！

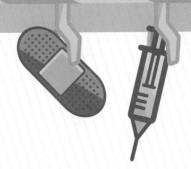

我：我冇趕佢哋走…

女士：佢唔係仲返嚟呀？我仲要見到佢呀？

我：佢哋會返嚟，不過會等你走咗之後先返……

女士整個得戚樣：咁都好啲！呢啲人要鬧㗎！唔鬧就當正地方係佢咁！嘈生晒冇家教！

我：影響到你真係唔好意思，不過佢小朋友係咁又有邊個阿媽係想嘅？個個父母都想自己仔女健康聰明伶俐啦～佢仔仔可能係自閉症，所以先會重複做拍手動作…我唔係趕佢哋走，而係佢哋冇必要留喺度難受……

女士：邊有咁多自閉症呀！唔識教仔就唔識教仔啦！

我：你認為唔係嘅話，都冇必要幫人教仔嘅～

之後佢就冇再搲水吹了～ 👍 7,968

───── *comments* ─────

Ralph Kwan
睇唔出姑娘咁有愛心，抵你咁多桃花嘅！

Rebecca Fung
寶豬做得好呀！按一個讚都唔夠呀！

case	symptom	不可一不可再
#21	remark	

診所一朝早電話響起，我：喂？乜乜診所～

佢：姑娘呀？我尋日嚟睇過㗎！

我：係，乜事呢？

佢：尋日醫生呢，開少幾日假紙畀我呀！

⋯幾日？咁爽？我冇份嘅？

我：麻煩你畀個身份證號碼或電話號碼我，我搵返你排版睇睇先呀～

佢：9XXX - XXXX。

我：等等呀小姐～

我一睇排版，乜嘢尋日啊？明明係大前日 23 號，醫生淨係開咗 23 號嘅病假⋯

再入醫生房問：醫生，呢位病人你有冇話開幾日假紙畀佢？

醫生望一望個排版：少少傷風都幾日？畀一日咋喎。

我：哦～

我去聽電話：小姐，你係咪記錯咗？你上次嚟睇係 23 號嘅事呀，醫生都只係寫咗 23 號當日嘅假畀你呀！

佢：咪啱囉，今日 24 號吖嘛，醫生話開 23 至 29 號嘅假畀我喋！

我：…今日 26 號，尋日係 25 號…

佢：………

………

佢再驚慌式大叫：真係喋？

我隻耳仔爭啲粉碎：係呀……

佢：吓？！你整蠱我呀？

我：冇……

佢：咁點算呀？

我點知你點算，你係咪跌咗入另一個平行時空呀？定俾外星人捉咗呀？唉！嗌嗌你哋啲後生唔好濫藥喋啦，不可一不可再呀，傷腦喋嘛！而家出事啦！

我：你自己諗吓啦，醫生係寫 23 號畀你喋咋，拜拜。

佢：喂？！你唔好收線住呀！喂？！

我：仲有乜事呢？

佢：可唔可以叫醫生寫張紙話我入院幾日呀？

FUNNY + CLINIC 2

我：醫生唔會寫㗎～

佢：我畀多 $200 吖！醫生應承咗我寫㗎！

我：唔係錢嘅問題，係偽造文書犯法㗎，你同我同醫生都可能要坐監～而且醫生冇應承呀……

佢：可能啫！即係未必坐啦！

頂你呀！捉字蝨嘅！咁我重新講過：係坐鳩硬呀！

我：醫生唔會做犯法嘢嘅，拜拜！

佢：喂？！可唔可以寫張紙證明我喪失工作能力呀？

我：你有啲乜問題導致你喪失工作能力，可以親自嚟搵醫生傾…拜拜～

你都係面對現實啦～ 🤍 2,046

有日臨收工最後三分鐘，有個舊症到診所「啪」一聲放低袋藥：你啲藥唔得呀！我要換藥！

我拎起啲藥望吓，咦？大前日㗎喎？食剩一次咋喎？換嗰一次呀？

我：小姐，你指換藥係換呢一次呀？

佢：係呀，我食完仲多咗鼻水，鼻又塞埋，未食之前都冇事㗎！

我：但係你剩返一次藥，就算我換咗，你食完都唔會即刻好返呀！

佢：你畀我同醫生講呀！你又唔係醫生，你點知好唔好得返呀！

我：小姐，咁麻煩你等等呀～

我入到醫生房同醫生講有件咁嘅事，醫生：唔食冇事，食咗就有事，咁唔食咪得囉？換乜藥呀？好似啲神醫咁，四碗水煲埋一碗水，倒咗佢，就好返啦！你咁同佢講呀！

我：玩嘢呀？你去講吖，我畀個頭盔你啦！

醫生：唏，我都係講吓啫，嗌佢入嚟啦！

小姐入到去應該同醫生講自己病情點嚴重點辛苦點可憐（我冇偷聽㗎！），好啦，出返嚟啦……

醫生開多兩日藥畀佢加兩日病假紙，我出藥後，話要收返診金 $100。

佢聽到後立即爆 Seed：$100？我平時換藥唔使畀錢㗎喎！其他啲醫生都冇收過我錢㗎！點解要收呀？我換藥咋！

我：其實醫生已經冇收你藥費，淨係收你診金，醫生怕你食得一次藥唔夠，所以開夠兩日藥畀你～

佢：其他醫生唔收錢㗎嘛！

我：咁你本身都冇得拎今日聽日病假呀，換藥都應該係換返嗰一次嘅藥畀你～

佢：其他醫生個個都唔收錢㗎嘛！我食完你啲藥先唔舒服㗎嘛！梗係要唞兩日啦！

我：咁做乜唔去其他醫生度睇？

佢：……

我邊講邊拎返啲藥：或者咁啦，小姐，我而家唔收你錢，我淨係換返嗰一次藥畀你，你等等呀～

佢：假紙呢？

我：噢，應該唔需要啦，我都換咗嗰一次藥畀你，你食完嗰一次應該冇事，如果仲係嚴重咗嘅，你去睇返「其他醫生」啦。

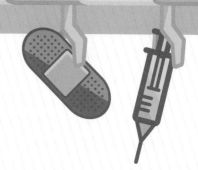

佢：$100 呀嘛？

我：咦？咁你唔要換藥啦？

佢：呢度 $100，唔該晒姑娘。

做乜啫？我好惡咩？ 6,161

唔收錢得唔得呀？

你嚟找死嗎？

case	symptom	醒目陳生
#23	remark	

一男子拎藥後，就咁放低張 $500 紙離開診所，我錢都未找，嗌住「先生先生」～都冇回頭望過我一眼……

我拎起電話，打佢登記時留低嘅電話～電話接通了！

我：喂？係咪陳生呀？

對方係一把女聲：冇呀！打錯！嘟……

被 Cut 線後，我以為係自己手抽筋撳錯號碼，我又再打去：喂？係咪陳生呀？

佢：陳你老母，咪再打嚟呀！

咦，小姐，又係你呀？嗯～好啦，唔打啦…Sorry 嘛！

隔咗兩個鐘後，陳生打嚟了：我 X 你老母呀！穿櫃桶底！

乜我阿娘今日咁唔得閒呀，我：請問你係咪陳生呀？你頭先未等我找錢就走咗呀……

陳生：你老母呀穿櫃桶底呀！咁撚貪心你乞兒嚟㗎？

我：陳生，你冷靜啲先，你啲錢喺度，你可以隨時過嚟拎返～

陳生：好彩我醒目啫！如果唔係打嚟屌鳩你，你咪得米！

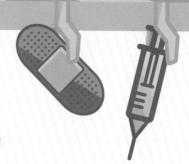

嘩，你真係好醒呀！我未見過人咁很醒目㗎！

我：陳生，你係咪改咗電話呀？

陳生：你咪撚扯開話題！我改唔改電話關你撚事呀？

我：我頭先打咗去你登記嗰時嘅電話，就係想通知你未找錢…但係行陳生呀～

陳生：你都焓戇，我轉咗電話 Number 好耐啦！

我：咁麻煩陳生 Update 返你個聯絡電話好嗎？

陳生：XXXX - XXXX 呀！

我：唔該晒陳生，以後有乜突發情況，我哋都可以立即通知你，拜拜～

收線後，我致電到陳生最 Update 嘅電話～

我：喂？陳生呀？

陳生：邊位呀？

我：你好，我係乜乜診所嘅，你頭先錢都唔記得拎就走咗喇，麻煩你喺辦公時間內到診所拎返，下次唔好走得咁快喇，拜拜！

好醒嘅陳生！返嚟拎錢啦！ ♡ 5,200

case	symptom	找數
#24	remark	

有日，一個年紀有返咁上下嘅男人拖住兩個小朋友到診所，凶神惡煞咁同我講：同佢哋驗 DNA！

我望住嗰兩個三四歲嘅小朋友，個樣根本係餅印嘛⋯今鋪真係我雙眼就係證據！

我：先生，冇問題嘅，可以登記咗先，見咗醫生，之後安排去做親子鑑證～

佢：幾錢呀？

我：一個大概 $2500。

佢：咁咪要成 $5000？

我：係呀。

佢：我一次做兩個，冇得平啲呀？

我：價錢上嘅嘢你同醫生傾，我只可以覆大概價錢畀你知。

佢：我冇咁多錢住，我冇做嘢嘅，可唔可以做住我一個先？

我：一個嘅意思係？

佢：即係我去做先，收住幾百蚊先。

我：親子鑑證係要兩個人去做嘅，咁先知你哋係咪父女～

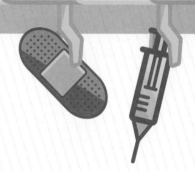

佢：一定要畀錢先肯做？

呢個係乜嘢問題…？唔畀錢嘅，點同你做？

我：嗯…係呀，去到化驗所，佢哋會收咗錢先……

佢：可唔可以了解咗我嘅難處先？我之前娶咗個大陸女人，佢當初好純品…申請咗佢嚟香港，嚟到香港冇耐就變咗…走埋佬……掉低兩個女畀我……

我企圖打斷佢繼續講：先生，或者你同醫生傾啦……

佢完全聽唔到我講嘢：我做錯咗乜呀？

我：先生，你同醫生傾啦……

診所內啲等睇醫生嘅女士們開始搭嗲：Check 咗唔係親生嘅唔通唔要呀？

女士 B：娶得大陸就預咗啦！

女士 C：貪你夠老咩！

佢：姑娘，可唔可以做咗先？我遲啲先畀錢你呀！

我：唔好意思，因為化驗費係化驗所收，唔係我哋收嘅，所以一定係收咗錢先檢查嘅。

佢：可唔可以你畀住先？我有綜援紙證明我冇收入㗎，嗰度就算出咗糧，我哋都要食飯，負擔唔到咁大筆嘅檢查錢…我自己都養唔掂自己，個衰女人仲掉低兩嚿蘇州屎畀我…如果唔係我親生嘅，仲篤眼篤鼻…我都聞到棺材香啦，仲湊兩個咩？可唔可以體諒吓我，幫我畀住先？

嘩！咁都得呀？你自己開心完就要人同你埋單找數？ 🤍 7,749

有日有位少女到診所坐低等睇醫生，佢手拎住一個菇時牌紙袋，好溫柔咁將個紙袋放喺大脾上～佢袋入面應該有好重要嘅嘢……

突然有個喺診所度跑嚟跑去嘅小朋友仆向少女度，撞到應一應～小朋友當然喊……

少女都喊，不過係喊驚咁款：呀！有冇搞錯呀！

小朋友好可憐咁眨咗幾吓眼……

少女繼續講：你整到我呀！邊個教到你咁冇家教周圍跑㗎！
小朋友嘅婆婆不停講：對唔住呀…阿妹對唔住呀……

少女一直低頭檢查加愛撫個菇時紙袋，邊愛撫邊自言自語：皺晒啦，呢度皺咗呀，呀！呢度都係…個角位都就爛喇……

小朋友嘅婆婆仍然冇放棄道歉，少女睇到個紙袋皺過佢身上條無燙過就著嘅連身碎花裙後，一於連環爆阿婆：你點教佢㗎？Say sorry 大晒咩？我撞死你 Say sorry 吖！

坐喺隔籬 Set 到個頭成個花師奶咁款嘅大嬸忍唔住出聲：阿妹，撞到你啫，對唔住都講咗啦！

少女：咁佢整皺晒我個袋嘛！你賠畀我呀？

大嬸：紙袋咋喎！

我望住佢咁錫個紙袋……諗起自稱對花敏感嘅舊同事，上年情人節收到佢男朋友個曬死人無命賠嘅驚喜：一個大孖C牌紙袋！當然入面係有個孖C袋啦～舊同事仲即日換袋用，遺下寂寞嘅紙袋……一直到佢離職，紙袋仍然喺度……

我喺櫃入面拎個紙袋出嚟，掙扎咗一陣，心諗少女個菇時袋可能係有特別意義呢，所以先咁著緊……不過事實話我知，一切都係我多嚿魚嘅無謂幻想～

當我拎住個紙袋行出去候診大堂：小姐，唔好意思……

少女立即打斷我嘅說話：孖C呀！真㗎？

我：應該係真嘅…你唔介意嘅話，我畀呢個你袋住你啲物品先吖～

少女即刻接住個紙袋問：係咪有條絲帶㗎？

我：呢個……我唔清楚～

少女：你搵吓有冇漏咗條絲帶冇畀我呀！

我：好嘅，我去搵搵～

我返入去搵吓個櫃，都係搵唔到絲帶，反而搵到一筒仲有三個月到期嘅「勿肥他朱古力消化餅」，我已經唔記得咗搵絲帶呢個任務，好忘我咁拆開筒消化餅一塊接一塊咁放入口～

呼～好好味～話之你！👍 3,673

case	symptom	扮有餡
#26	remark	

有日有位小姐到診所：**我要驗孕！**

我：好嘅，登記咗先，之後到洗手間留小便呀～

登記後，我畀咗個小便樽佢，佢都好快手咁小完便～

喺我入房處理期間，小姐喺度大嗌：姑娘，有冇呀？得未呀？點呀？係咪有呀？

我處理後，交畀醫生：醫生，佢好心急呀，你快啲話佢知啦～

醫生：急乜呀，生仔急唔嚟…反正都冇，更加急唔嚟啦……

我：醫生，你爽手啲好冇？人哋好心急知有定冇㗎～

醫生：好啦嗌佢入嚟啦！

小姐入到嚟之後，醫生話佢知冇中招……

小姐：係咪兩條線先叫有呀？

醫生：係呀，你睇吓，而家得一條線，所以係冇！

小姐：可唔可以畀咗呢支棒我？

醫生：冇問題，姑娘，袋好佢交畀小姐呀～

小姐：唔該醫生，咁走得啦嘛？

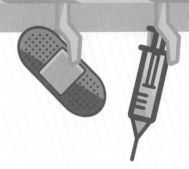

醫生：出去等等得㗎啦！

我收錢後⋯交返支棒畀佢～成件事係咪好正常先？點知⋯⋯

晏啲啲，有個男人拎住支棒嚟到診所，怒氣爆燈咁鬧我：你弱智㗎？你當我弱智定你真係弱智呀？支嘢甩色嘅！你哋啲嘢過期㗎？

我望住棒上嘅「紅線」係人用筆畫上去，仲要甩色，爭啲噗一聲咁笑咗出嚟，心諗：唔係啩？乜年代呀？仲有人用呢招扮有餡？仲要扮得咁豬標？支筆甩色嘅？

我裝作鎮定：唔好意思，先生，甩色嗰啲線係後期有人人手畫上去嘅，唔係屬於支棒㗎⋯

佢面色一沉，我以為佢應該師父明白了，點知佢問我：你做乜要畫？我女朋友為咗支咁嘅甩色棒係咁喊，係咁話怕係 BB 陀唔穩！

⋯你弱智㗎？定當我弱智呀？

我：先生，好明顯唔係我畫啦⋯⋯
佢：邊個畫到咁？

我：或者你問返畀呢支棒你嘅人啦～

佢：我女朋友？關佢乜事？

我一向覺得女人搵到個忠直嘅男人係件好幸福嘅事，但係呢一刻，我真係好想同小姐你講：個男人咁 Q 蠢，你仲要裝個仌嚟等自己嫁畀佢呀？你哋兩個喺埋一齊，我好擔心呀～

我畫公仔畫出腸：先生，用呢支棒嘅人呢⋯係冇 BB 㗎！

我知我明，事實好難令人接受。

佢擘大口得個窿 Hang 咗機咁款：吓？

就係咁，佢 Hang 咗幾分鐘，之後換個 Pose，坐低打電話。

佢好黯然咁：阿 May，我哋分手啦⋯⋯

我唔知到最後佢哋係咪真係分咗手，只知個男仔坐咗喺診所喊咗好耐⋯⋯ 👍 9,873

case	symptom	更 年 期
#27	remark	

診所今日忙到仆,想搵個靚位蛇王都冇機會!如果呢個時候,好不幸咁整個傻豬嚟,我真係可能會殺人㗎!正所謂,日頭唔好講人,夜晚唔好講鬼…你越唔想要,個天就偏要畀你………妖!

一對母女行入診所,去到登記處細細聲講要睇醫生……

我:好呀,麻煩你畀身分證明文件登記呀。

母神情十級慌張:姑娘,你有冇止血餅畀佢食咗先?

乜嘢止血餅?哪來的血咁澎湃要止血?

我:吓?要睇醫生先可以處方呀,我唔可以就咁畀藥你㗎~你睇啲乜㗎?整親呀?

母:我個女話小便已經流咗好多日血……

我有啲唔好意思問係咪月經,我一心諗住個娘都幾十歲人,應該知乜係月經啩……如果我開口問,咪即係當佢哋低 BB?

我:咁呀…如果以前冇試過咁嘅,就俾醫生檢查吓啦。

女:姑娘,係咪要除褲俾醫生睇㗎?

我:有需要檢查嘅就要呀,你要唔要搵女醫生呀?

母：唔好理啦，睇咗先啦，你咁流法流死你㗎喇！

登記後，我仍然滿腦子月經月經月經月經月經月經月經月經月經月經月經月經月經月經月經月經月經月經月經……

但又唔可以排除其他可能性，我唔是醫生嘛，又點可以代醫生判斷呢，所以我冇搭哆冇開口，乖乖咁坐喺度做自己嘢……

終於到佢哋了，檢查一輪，問診一輪後…我聽到……

醫生：呢啲係月經，好正常。

真係月經………………

傻的嗎？天呀！真係得得 B 呀！

兩母女出咗嚟之後，醫生話要收返診金～

我：診金係 $100。
母大驚：吓？冇藥拎都要收 $100？

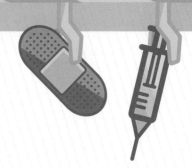

我：診金嚟㗎嘛～

母：咁冇得醫㗎？

……屌，月經點醫呀？

我：月事係每個女性都有啊，好正常。

母：咁你頭先唔講？係都要我哋入去見醫生？

我：我唔係醫生，唔可以代醫生做診斷嘛。

母：你話個個女人都有㗎嘛，你係咪女人呀？你有冇月經呀？你明知又唔講！迫我哋喺度等！又要我哋畀錢！

我：我又冇睇到，點知你係咪……

母：痴線！你叫我女即場除褲畀你睇呀？！

我：………

就係咁，我哋 Loop 咗呢個問題足足 10 分鐘，血都嘔咗廿幾兩…先收得返個 $100 診金……

頂你個肺！你更年期太耐呀？都打橫嚟講㗎！中學定小學唔係有講乜係月經㗎咩？上堂瞓少陣啦！妖！我要去打沙包呀！唔好拉住我呀！ ♡ 3,618

case	symptom	驚 人 母 女
#28	remark	

有日診所忙到癲，得我一個喺度登記執藥出藥，電話響起⋯⋯

我：喂？乜乜診所。

佢係一位女士：醫生返咗嚟未？

我：返咗，而家有得睇㗎喇。

佢：咁好啦，我等陣過嚟啦。

我：好啦，拜拜。

收線後唔夠 30 秒，電話又響～

我：喂？乜乜診所。

又係嗰位女士：你唔問我係邊個嘅？

點解我要問？猜猜你是誰呀？我好忙呀，今日冇時間玩呀，可唔可以聽日先玩呀？

我：你直接嚟登記得㗎喇，我哋冇電話預約。

佢：唔使問我係邊個㗎？

我：你嚟到先畀覆診卡登記就得㗎喇。

佢：咁㗎咩？唔使知我係邊個㗎？

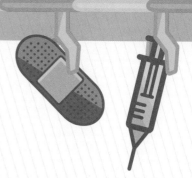

你好想俾我知你係邊個呀？好啦好啦……

我：小姐，你係邊個呢？

佢：頭先又話嚟到先講嘅？

女人真係好善變呀，媽呀…我唔要嗰時，佢又塞我要，我要嗰時，佢又問我點解要……

我：咁你嚟咗先。

佢：我轉頭會嚟㗎喇，醫生唔會行開咗㗎嘛？

我：唔會……

佢：咁我使唔使講咗我係邊個先？

我：好啦，你講啦……

佢：XXX。

我：OK。

佢：咁我嚟到即刻有得睇啦？

我：照排隊嘅。

佢：你而家唔係同我登記咗啦咩？

我：嚟到診所再登記嘅，冇電話預約。

佢：咁你唔係畀我排隊，要我個名嚟做乜呀？

我暗戀你個名呀～開唔開心，興唔興奮？

我：……紀錄你已打咗電話嚟，並將會到診所登記。

佢：吓？咁唔係排緊隊㗎？

我：冇電話預約。

佢：嚟到又排過呀？

我：係呀，個個都係嚟到先登記。

佢：我都畀咗名你啦，排咗先呀，我阿媽話頭先見到好多人呀。

我：冇電話預約。

佢：一個半個唔覺嘅。

我：冇電話預約，拜拜。

Cut 線後唔夠 30 秒，電話又響……

我：喂？乜乜診所。

又係佢：我可唔可以叫我阿媽嚟登記？

我：可以。

佢大嗌：喂～阿媽，聽電話呀，幫我喺度登記呀！

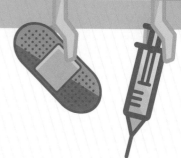

騙徒手法果然層出不窮，一不留神就舐嘢了！

佢阿媽：喂？

我：喂～

佢阿媽問佢個女：女呀，點登記呀？

電話隔籬嘅佢：畀個名姑娘得㗎喇。

佢阿媽：XXX。

我：太太，唔好意思，我哋冇電話預約，要親自嚟登記。

佢阿媽：頭先我咪喺診所門口經過咗囉。

我：你可以親自嚟診所登記…

佢阿媽：我啱啱先返到嚟咋，頭先有行過你門口㗎！

我除咗讚你哋兩母女擁有驚天地泣鬼神嘅獨特思維，仲可以講乜？

♡ 5,525

case	symptom	零食豬
#29	remark	

有日一行六人帶一個小妹妹到診所睇醫生，登記後，各人佔一位，妹妹就去拎玩具玩～玩呀玩，玩呀玩～玩玩吓唔知做乜原地仆親，喊到鼻涕都流埋出嚟……

嗰六位陪同者立即湧住去呵返妹妹～

A：唔好喊啦，我哋去食雪糕糕好冇？

B：乖呀，去食麥當勞好冇？

C：去食 Pizza 呀？

D：唔好，我哋去食炸雞翼好冇？

E：妹妹，我同你去食 Hot dog 吖！

F：乖，唔好喊，我哋去買芒果布甸！

嘩！仆一仆原來跌咁多嘢食出嚟㗎？我望一望企喺我隔籬個姑娘，我同佢講：姑娘，我準備三秒後原地仆街，你好諗定帶我去食乜啦！

姑娘下一秒立即答我：食屎囉！

OK……我突然對腳好好力，唔仆住喇～

妹妹仍然喊不停，啲陪同者不停氹佢呵佢都搞唔掂⋯⋯

突然唔知邊個彈咗句：我有糖糖呀！你要唔要食呀？

妹妹對眼仔眨兩眨：糖？

嗰六位成人立即撲袋，糖呢糖呢糖呢糖呢糖呢糖呢糖呢糖呢糖呢糖呢糖呢糖呢？冇喎⋯⋯

妹妹繼續喊，喊到好似唱緊：At the end of the day～我最需要的是糖，不是誰～～

其中一位陪同者行埋嚟問我：姑娘，你有冇糖？

我：有呀，有維他命糖～

陪同者：畀啲我吖。

我畀咗包佢，佢拎去畀妹妹⋯點知妹妹接過後望一望，直接掉走包糖，又喊過～

陪同者又搵我：姑娘，有冇其他呀？

我：畀小朋友食係呢啲咋⋯⋯

陪同者：你畀第二啲我試吓啦。

我碌去拎我個零食籃諗住畀佢揀…他媽的…佢成個同我抬走！

一行六人的陪同者喺我個零食籃度拎完一樣又一樣……

A：三角朱古力啱唔啱呀？

B：朱古力曲奇食唔食呀？

C：能得利軟糖要唔要呀？

D：熊仔餅鍾唔鍾意呀？

E：麥提沙呢？

F：提子糖好冇？

妹妹接過一樣又一樣，拎上手望一望，揸兩揸…唔鍾意就掉飛我啲零食…俾佢掉到一地都係我嘅寶貝～最終……一包外表清新可愛嘅雞蛋糖得到佢垂青…佢好開心咁拆包糖食～一行六人都浩浩蕩蕩咁入醫生房睇醫生……

候診大堂得返我一個死死氣咁執返啲心愛嘅零食～

姑娘同事可能見到我眼濕濕，佢講：唉，你而家仆一次啦，我唔請你食屎啦，一陣 Lunch 請你食乳酪雪糕，畀你揀兩個 Toppings 啦！

我：四個得唔得？我想要芒果，藍莓，香蕉同士多啤梨呀～～
姑～～娘～～你唔畀～～我喊㗎～

姑娘：成交，收嗲！

好嘢！我都成功得逞了！ 👍 3,045

食啦食啦
食屎你！

真係㗎？

case	symptom	
#30	水	
	remark	*大家姐系列

Once upon a time，有一個叫大家姐嘅人同一隻叫珍寶豬嘅豬……

噢，你哋見到大家姐呢三個字，好似已經流緊口水？好期待呢？
我哋用熱烈掌聲歡迎大家姐！啪啪啪啪啪啪啪！

嗰日呢…就風和日麗，我同大家姐都啪咗個幻想 Mode，不停講
「如果今日唔使返工，我一定去邊度邊度……」可恨，我哋都孭
住收夜…呢個時候，喺藥房部電視仔度見到有個高大有型嘅男人
入咗嚟診所……

妖！大家姐突然好熱愛返工咁款出咗去登記位～

大家姐：先生，睇醫生呀？

唔通嚟睇你呀？

型男：我未睇過嘅……
大家姐：我幫你登記呀～

型男遞上身分證，大家姐就不停眼甘甘望住人，極溫柔咁問人電
話地址……

大家姐：XX（好親暱咁嗌型男的名字，冇嗌姓氏），你有冇發燒？要唔要探熱呀？邊度唔舒服呀？

大家姐，我慇緊呀，我想嘔呀，我就快頂唔住喇⋯⋯

型男似乎察覺到有唔妥，有啲龜縮：Er⋯唔使喇⋯⋯
大家姐：XX 呀，有唔舒服要出聲呀，我一定幫你㗎～

你放過人啦！放開個男人！

型男：我感冒啫⋯⋯
大家姐：有冇紙巾呀？我有呀～
型男：Er⋯姑娘登記完未呀？張身分證可以畀返我未呀？
大家姐嬌嗲的回覆：就～得啦就得啦～你唔使客氣喎，我有好多包紙巾呀～

醫生召我入醫生房問：做乜登記咁耐呀？
我：好恐怖呀，大家姐想食咗個男人呀！
醫生：⋯⋯⋯⋯嗯，唔好搞咁耐⋯⋯

What ？！醫生你個「搞」字可圈可點又圈又點再點再圈喎！你咁即係縱容大家姐喺公司範圍食屎厨飯啫？

我：不如你召喚大家姐返來囉～返來我哋嘅身邊……
醫生：你去叫佢～

我乜都聽唔到，Bye！

我出返去，望一望大家姐嘅背影，不禁搖頭嘆息……唯有入返藥房發吓呆扮乜都聽唔到睇唔到，祈求上天有好生之德，助型男擺脫一切苦難……

Maybe！上天聽到我嘅祈禱，我喺電視仔度望到一個女仔行入診所，直接行去型男度黐住佢～此時此刻，我好似聽到有人心碎了～呀…唔係，我係聽到大家姐把溫柔嘅聲突然變返正常～

大家姐：身分證！坐低等嗌名呀！

之後大家姐回來我身邊哼起了：從來沒我份～犧牲當做例行！我慣了傷心…我不過是個人，都會難堪～不想充當他替身……

做乜 Sad sad 豬啫，係你自己諗多咗咋…哪來的替身呀…我去拖

地先～一地都係水，跣死人咩！ 👍 3,945

好靚仔呀！

好恐怖！

comments

Gary Yeung
求大家姐温柔聲錄音 Orz……

Keyman Hor
醫生嗰句唔好搞咁耐最精彩！

case	symptom
#31	臭 屁
	remark

*大家姐系列

有日，我、大家姐加妹妹仔姑娘喺度唔記得傾緊乜…突然！

好響嘅「唪 sssssssssssssssssss」一聲，伴隨有陣爛爛哋屎、好熱氣、好雜食嘅異味（真係隔住本書都聞到味）…………

妹妹仔： 嘩，乜料？

大家姐望住我：喂！你放屁呀？好 X 臭呀！

我心諗又要玩猜猜屁是誰呀： 唔是我……

妹妹仔望住大家姐，大家姐冇出聲幾秒……

幾秒後，大家姐：靚女唔放屁囉！

我哋靜晒，冇人敢認同或否認……

大家姐：乜呀？玩唔出聲呀？

我　： 唔係唔係，我閉氣等陣味散啫～

妹妹仔：嗯嗯嗯……

大家姐：你哋自己放屁都要閉氣？

我　： 唔是我……

妹妹仔：都唔係我呀！

大家姐：咁即係話我啫！都話咗靚女唔放屁囉！

我：我豬扒，我成日放，屁啫，人人都放㗎啦⋯⋯

大家姐：我冇放過喎！

妹妹仔：哈哈哈！唔放屁咪谷上胃喉口度放⋯把口臭到屎坑咁！哈哈哈哈哈哈哈哈哈！

大家姐冇出聲，只用眼神睥住妹妹仔⋯⋯呢個 Moment，我都係低頭閉氣算⋯⋯ 👍 2,476

comments

Emily Chan
妹妹仔還健在嗎？

Cherieii Ho
寶豬嘅 Post 好 4D！

case	symptom	
#32	精神病	
	remark	★大家姐系列

有日同大家姐拍住上，診所電話響起……

對方係一個男仔：喂？姑娘？

我：係，你好，乜乜診所，有咩幫到你？

佢：我想問你呢度有冇得 Check 精神病？

我：呢啲可以轉介你去專科做。

佢：係咪即係入咗精神病醫院先知自己係咪有精神病呀？

我：去咗專科先，等醫生評估咗先，你需要嘅話，可以親自嚟見醫生，等醫生了解咗你情況先。

佢：精神病有得醫㗎可？

我：及早睇醫生，凡事有轉機。

佢：姑娘你唔好答到咁行好冇？你賣廣告㗎？

做咩喎……我又唔可以答你有冇得醫，我又唔係醫生，點知喎，我又唔想令你難受，咁唯有咁答囉，唔通直接畀青山電話你咩……嗚……

我：你見咗醫生先啦……

佢：唉，姑娘，你唔明㗎喇，精神病嘅又點會知自己係精神病，你哋都可能有精神病啦，平時有冇人話你痴線呀？

我望一望坐咗喺後面用手指尾撩緊耳屎嘅大家姐，心入面有一個好邪惡嘅諗法：大家姐咪痴線喇囉。

突然大家姐停咗手，對眼望住我講：喂！望咩呀你？

我：吓？冇嘢呀……

大家姐：講咁耐電話，乜水呀？癲仔呀？

我：唔係呀……

大家姐搶咗電話：喂！邊位呀？喂？喂？喂？

睇嚟對方聽到把聲都嚇到收咗線……

大家姐：都痴撚線，你痴線㗎？都冇人講嘢，你同邊個講電話呀？

我：頭先有人㗎！

大家姐：你係咪悶到痴撚咗呀？死入房叫醫生同你 Check 吓啦，有時間就照埋個腦啦，有病呀你！

我：……

大家姐：冇嘢做扮有嘢做，多鬼餘㗎！你做幾多嘢都係呢個位咋嘛……

我想撞牆死呀呀呀呀呀呀呀呀呀呀呀呀呀呀呀…… 💬 2,468

#33-63

診所低能奇觀 2
FUNNY + CLINIC

FUNNY + CLINIC 2

case #33	symptom 精明哥仔
	remark

有日診所堆滿人等睇醫生，我都做到痴咗咁滯，電話響起～

我：喂，乜乜診所。

對方係一個男仔：喂？你開咗啦？

我：係呀。

佢：收幾點？

我：6 點 30 分前到就有得睇。

佢：你收醫療卡㗎可？

我：收指定嘅醫療卡，你可以睇返你嘅 Doctor list，有我哋診所名就得㗎喇。

佢：咁你哋會扣我張卡幾錢？

我：你要過到嚟睇醫生先知嘅，張張卡唔同。

佢：我睇開嘅，點解你好似唔明我講乜咁嘅。

我：電話上面我答你唔到，你要拎埋張醫療卡嚟，等我 Check 咗卡先答到。

佢：一定要我嚟到先答到要扣我幾多錢？

我：每個症開嘅藥都唔同，每一張醫療卡嘅額外藥費亦唔同，我而家答你唔到。

佢：你哋改咗制度呀？

我：先生，不如你拎埋張醫療卡嚟登記，咁到時就可以解答到你。

佢：我又唔係諗住睇硬你，我問咗價先咋嘛，邊間扣少啲咪睇邊間囉。

我：哦～拜拜。

用醫療卡都格價，果然精明啊！ 🤍 4,135

慳得一蚊得一蚊嘛～

case	symptom	色 情 幻 想
#34	remark	

一對情侶面燶燶嚟到診所，個女仔登記後就坐低～

男的開口：BB，唔好嬲啦！

女嘅冷眼望一望：哼！

男：我都唔想㗎嘛！

女：你專登㗎嘛？係都要搞到一鑊泡！

男：我唔想㗎嘛！

女：你唔知？

男：唔好嬲啦！

女：全程我都投入唔到囉！你浪費咗我粒幾鐘呀！

男：Sorry 囉……

女：你投入到咩？

男：都…一般啦！

女：咪係囉！係咁頂我後面好舒服咩？

男：唔好嬲啦，我咪又係唔舒服…我後面都係咁俾人頂……

女：你睇住我係咁俾人頂都唔出聲！

男：我出聲咪俾人屌多兩嚙！

女越講越大聲：你睇住我咁俾人屌就得喇喎！

男：你細聲啲啦！

女：乜呀！你屌我就咁大聲，頭先又唔見你屌個光頭佬！你去屌佢呀！屌到佢啪啪聲呀！

男：診所嚟㗎，細聲啲啦！

係咁頂嚟頂去，真係聽到人紅都面晒…感覺就好似匿埋喺人地床下底聽人講心事咁……

女：你冇鳩用㗎喇！買飛都揀正坐喺啲仆街前面！成場戲係咁俾人 Osim（背部按摩）！

……對唔住，我去面壁…借借唔該！ 👍 4,126

―――――――― comments ――――――――

> **CS Howard**
> 咦？！乜咁多人…泊埋少少畀個位嚟面壁好嗎……

> **Gloria Wong**
> 講咁耐先入正題嘅佢哋 #%*@$！

> **珍寶豬**
> 陰人嘅！

case #35	symptom	算到盡
	remark	

有日有位女士嚟登記，佢：寫唔寫轉介信？

我：醫生會寫呀，你一陣見醫生可以同醫生傾吓～

佢：收唔收錢？

我：收呀～會收返診金嘅～

佢：逐張計診金？

我：你見一次醫生就收一次～

佢：咁我寫兩封轉介信都係收一次錢？

我：你今日見一次醫生就收一次錢……

佢：寫兩封得㗎嘛？

我：你同醫生傾返你情況先，醫生會按照你嘅情況寫畀你～

佢：最多可以寫幾多封呀？

我唔係好理解，你究竟想睇幾多科？精神科、眼科、心臟科、腦神經科、內科、婦科、耳鼻喉科等等… 定想科科都去報到？

我：你諗住睇好多科呀？

佢：反正寫開咪一次過寫埋囉，你話逐次收錢嘛！

咦？我係咪舐咗嘢呀？

我：咁都要按照你身體狀況，醫生認為你有需要先寫到嘅……

佢：講咋嘛！我識講㗎啦！

我：……

入到醫生房後，佢要求寫去內科、眼科、外科、皮膚科、腸胃科、骨科同耳鼻喉科…每一科都要寫兩封轉介信，因為佢話要到時先考慮去公立定私家……即係總共十四封轉介信！

醫生罰抄後，畀錢時女士全程掛住一個勝利嘅笑容：見一次醫生一次診金嘛？

我就死狗咁嘅款：係…呢度 $150……

唔爭在寫埋精神科啦！唔該醫生！ 👍 4,280

―――― *comments* ――――

> 何西
> 講真，今次佢又醒喎！明知俾佢搵老襯都冇佢符！

> Winniecat Suen
> 最重要那封反而沒寫……

case	symptom	磅重
#36	remark	

有日診所好忙，一位有啲肉地嘅後生仔嚟到講：唔使理我，我嚟借磅㗎！

咁我冇理佢，亦都冇問佢借咗幾時還，我繼續做嘢……

佢一路磅一路講：個磅壞㗎？係咪壞咗呀？我喺屋企磅唔係咁㗎！個磅壞咗呀？冇可能重成十幾磅㗎…個磅係咪壞咗呀？

佢應該見我一直冇反應，就向住我好大聲講：小姐！個磅係咪壞咗呀？

我：冇壞呀，呢啲秤磅好準㗎。

唔知係咪佢一時接受唔到自己重咗十幾磅，佢企咗喺個磅度定咗格，定咗成幾分鐘，之後開始左撳右撳，喺褲袋度拎銀包電話鎖匙出嚟放低，再上磅…都係咁重。

佢再除埋鞋上磅，都係咁重。佢一直企喺磅上面講：冇可能㗎喎，同屋企嗰個爭咁多，冇可能㗎，邊有可能呀……

突然有個等睇醫生嘅阿叔搭訕：係咪未屙茄呀？
後生仔回頭一望，恍然大悟咁：呀！係呀！

阿叔：咪係囉！篤茄都十磅啦！

後生仔問我：小姐，係咪㗎？

我想像唔到一篤屎十磅係有幾大篤，睇唔透……

唯有好玄咁答佢：有志者事竟成……

佢好開心咁著返對鞋，拎返啲嘢離開診所。

你得㗎！我信你㗎！

第二日…佢應該屙咗屎，又再嚟磅，又重複定格了…不如返屋企再屙過啦？

我又忍唔住摸吓自己個肚腩…… 👍 6,883

——— *comments* ———

> **Siu Keung AU**
> 如果佢真係屙到一篤十幾磅嘅屎，我諗你要開多支藥膏畀佢搽屎忽……

> **Brian Leong**
> 叫佢入冬再嚟磅過，冷縮熱漲可能有幫助。

case	symptom	重複犯錯
#37	remark	

朝早 11 點嗰陣有位女士預約下午 6 點 40 分睇。

下午 6 點 50 分唔見人,打咗兩次電話都冇人聽。

下午 7 點 25 分,距離鎖門時間仲剩 5 分鐘⋯⋯

下午 7 點 26 分,醫生執包包走了⋯⋯

下午 7 點 29 分,一位女士入到診所,係佢了!

佢:未收工㗎可?仲有得睇㗎可?點登記呀?身分證要唔要呀?

我:收咗工啦⋯⋯

佢望一望錶:卡片話 7 點 30 分收工㗎!而家仲有成分鐘呀!

我:醫生走咗啦!我哋係 7 點 10 分截症嘅~

佢冇晒反應,冇咗成 30 秒反應⋯⋯

突然好大聲講:咁即係唔使睇啦!

(停頓 10 幾秒⋯⋯)

咁即係我唔使睇啦!

(又停頓 10 幾秒⋯⋯)

咁即係我唔使專登嚟睇啦!

(又又停頓 10 幾秒⋯⋯)

咁都得㗎？乜診所乜醫生呀！

（又又又停頓 10 幾秒⋯⋯）

我上網唱衰你哋呀！咁我唔使睇啦！

（又又又又停頓 10 幾秒⋯⋯）

即係點呀？我嚟到你話冇得睇？

佢一路重複講類似說話，一路停吓行吓咁離開診所⋯⋯ 👍 5,122

case	symptom	咪 咪 有 便 便
#38	remark	

一位姐姐抱住一隻兔仔到診所，我港女 Mode 自動啟動高八度音講：好可愛呀！

姐姐好 Cool 咁講：登記呀。

我好無癮：哦…新症麻煩畀身分證登記呀。

姐姐：身分證？

我：係呀。

姐姐放低兔仔喺枱面，拎佢部電話出嚟篤篤篤：嗱！

我望一望…小姐，你係咪真心膠？

身分證上…個頭係三七面兔仔樣，中文名咪咪，英文名 Bibi……

我呆一呆，問姐姐：小姐，我係要你身分證喎…你睇吖嘛？

姐姐塊面更 Cool：咪咪睇。

我：呢度西醫嚟㗎…唔睇動物……

姐姐：你畀啲腸胃藥得㗎啦，佢應該係肚痾！

我：我地嘅藥係人食嘅…動物去返搵獸醫啦……

姐姐：我 Book 咗獸醫㗎喇！要聽日先有得睇，你畀一日藥得喇！

➡

我：你等聽日睇獸醫啦。

姐姐：佢而家係咁痫呀！幾時先到聽日呀！你當係我睇囉，照開畀我咪得囉！藥房都係咁㗎啦！啲藥咪又係嗰啲！

我：我哋畀唔到藥你…你唔好亂配藥畀佢食啦，對佢唔好㗎……

姐姐：嗱！都費事同你講！嗱！離晒譜！

佢好嬲咁抱住啲啲走…登記枱上同診所地下都留低咗好多好多好多好多好多啲啲牌正露丸……

下次可唔可以拖隻大笨象入嚟放低幾千兩，索性用屎埋葬我呀？

👍 5,025

―――― *comments* ――――

Beach Jammer On On
唔知幾時有人帶條屍畀你叫你登記……

Angel Leung
不過，診所畀人帶動物入去㗎咩？

case	symptom	公主
#39	remark	

下午 12 點 25 分，電話響起，我：喂？早晨，乜乜診所～

對方係一個女仔：喂，診所呀？而家有得睇未呀？

我：有呀，12 點 45 分截症。

佢：我嚟唔嚟好呀？

我：你怕趕唔切可以 3 點嚟～

佢：可能遲 5 至 10 分鐘咁啦，你等唔等呀？

我：醫生 12 點 45 分就截症，你 3 點嚟啦。

佢：爭幾分鐘啫，等埋啦……

我：醫生趕時間呀，唔等㗎喇。

佢：我唔係爭好多啫……

我：你喺截症前嚟到就得㗎啦～

佢：我咪講咗我遲少少先到……

我講得唔清楚咩？成日俾人無視真係好 Sad 豬……

我：12 點 45 分前到就有得睇醫生～

佢：你哋個 Lunch time 有成兩個鐘，我都係阻你少少時間啫…

我：醫生今日講咗 12 點 45 分就要截症啊。

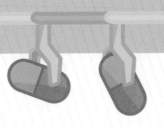

佢：你畀佢聽！

我：醫生睇緊症。

佢：我電話係 9XXX - XXXX，你叫佢覆我等唔等呀，等嘅我就換衫
啦！嘟……

我被收線了。

之後我等醫生睇完症就入去問：醫生，頭先有人打電話嚟，問你
等唔等埋佢，叫你覆佢……

醫生：你冇同佢講 12 點 45 分就走咩？

我：講到口臭……

醫生：男定女？

我：女的。

醫生：咁由得阿公主等電話啦，等得嚟我都走咗，下晝先睇囉，
可能冇王子咀佢，佢唔醒㗎喇。

醫生真係好鬼馬！ 🖤 1,991

case	symptom	猜 猜 我 是 誰
#40	remark	

一對情侶嚟到診所，女嘅同男朋友講：你估認唔認得你吖啦？

男朋友：唔知呢。

於是佢哋兩個一齊企咗喺登記處前面，冇出聲～

我：睇醫生麻煩畀身分證我登記呀～

女朋友同男朋友交頭接耳講：佢真係唔認得你咁喎。

男朋友細細聲講：咁點呀？仲睇唔睇呀？

女朋友：係咪扮唔認得你呀？

之後佢哋兩個一齊望住我，我又望住佢，佢哋又望住我，我又望住佢，佢哋又望住我，我又望住佢，佢哋又望住我，我又望住佢，佢哋又望住我，我又望住佢，佢哋又望住我，我又望住佢，佢哋又望住我，我又望住佢，佢哋又望住我，我又望住佢，佢哋又望住我……點啫？我唔玩啦！我要眨眼喇！

我：先生，係咪睇醫生呢？不如登記咗先呀～

女朋友好細聲同我講：唔畀身分證得唔得呀？佢身分有啲尷尬……

我：要唔要病假紙或收據呢？

男朋友：要呀。

我：咁一定要身分證明文件登記呀。

女朋友拉男朋友行過少少講：**我覺得有啲景轟，佢好刻意想要你身分證……**

男朋友：唔通佢認得我？

女朋友：我覺得係囉。

男朋友：咁走啦。

就係咁，佢哋好急咁走咗……

究竟你哋係想我認得你定係唔認得你？

我真係好少睇電視或雜誌㗎咋，唔好問我係邊個，我真係唔知……

👍 3,008

---
comments

> **Suki Yeung**
> 係咪你初戀情人你忘記咗咋……

> **古滑社過**
> 應該係陳偉霆。

> **珍寶豬**
> 而我不知道……

case	symptom	豪 爽 男
#41	remark	

一個拎醫療卡嚟睇醫生嘅男仔……

睇完醫生後，我出藥後講：先生，你張卡要自費 $28 嘅。

佢：公司話唔使錢㗎！

我：醫療卡公司通知要收 $28……

佢：我公司話唔使㗎嘛！

我：你問返你公司啦…

佢：咁而家一定要收 $28？

我：係呀。

佢：我張卡上面有冇寫要收 $28？

我：卡上面冇寫嘅，要打電話上去 Check……

佢：你打多次上去 Check 呀！

我拎起診所電話準備打，佢用手㩒住我隻手……

佢：你呢部電話冇得開 Speaker？用手提打呀！我都要聽！

我：哦………

我用自己手機打電話到 CS 度問完一輪，人地都係話 $28……

收咗線後〜佢問：你地唔係夾埋㗎嘛？

我：唔係……

佢：我可唔可以聽日問咗公司先畀錢？

我：咁我會同你撕爛今日張單，你聽日先再嚟睇啦。

佢：今日張假紙呢？

我：一陣撕爛埋佢……

佢：聽日先拎唔得咩？

我：唔得，我而家就撕爛佢。

佢：等等等等等等等等等等等等等等等等等等等等等等等等等等等等等！呢度 \$30，唔使找！貼士嚟！

我：…………\$2，找返畀你〜

佢：畀得你你就要啦！

佢漏低個 \$2 銀喺枱面，轉身就走了〜頭先為咗嗰 \$28 玩咗我咁耐嘅係咪佢？突然咁豪嘅？

Yeah！可以買蜜蜂糖食了！ 5,358

case	symptom	男定女
#42	remark	

✎ 有日有個男仔入到診所就咁坐喺度玩電話，一坐就坐咗 10 分鐘。

我：先生，請問你係咪登記睇醫生㗎？

佢冇抬頭望我，繼續低頭玩電話⋯⋯

我：先生，先生⋯⋯

坐佢隔籬嘅婆婆見到佢冇反應，就拍一拍佢膊頭：哥仔，姑娘叫你呀！

佢好大反應咁：乜嘢哥仔呀！我女仔嚟㗎！你盲㗎？

嘩！從你嘅造型，我真係好難睇得出你係女呀，Skinhead 嘅髮型，唔講身形啦！衰嘢唔好講！短褲下兩條腿全部腳毛嚟㗎喎⋯你嘅造型其實都幾 Man⋯你咁搞法即係擺明陰我哋啫？

我：呀⋯小姐，請問你係咪睇醫生呀？係嘅話過嚟登記咗先呀⋯⋯

佢一路行過嚟一路鬧：我女仔嚟㗎嘛，嗌我哥仔都痴筋！盲㗎咩，有病睇醫生啦！

我：係嘅係嘅，唔好意思呀小姐。

佢：我嚟驗孕㗎，都要登記見醫生呀？係咪即刻知㗎？

What？！點解我會聽到男人聲話自己大咗肚？點解我會見到金剛講自己俾人搞大咗個肚？志偉搞大你個肚呀？冇人性㗎！

我忍唔住自摑！仆街，醒呀你！醒呀寶豬！唔好再幻想啦你！醒呀你！

我一時之間接受唔到，請等等，我去繽紛樂先…… ♡ 3,692

對唔住呀～

我由內到外都係一個少女！

case	symptom	色色情侶
#43	remark	

一對廿幾歲情侶嚟到診所睇醫生…登記完一坐低～

男嘅扮小朋友聲：耶～～我要玩玩具呀～

女嘅高八度雞仔聲：BB 呀 BB ～玩具污糟糟呀～

男：耶～啲玩具都唔好玩嘅，我要飲奶奶呀！

女：媽媽轉頭餵你食 Mum mum 呀～唔好扭計計啦～

男：耶～我要而家食呀～～要而家呀～

女：玩住玩具先啦～

男：我翻轉診所個休息牌，我哋咪可以入房點點點都得囉。

你哋兩個當我死㗎？講完有味嘢未呀？好核突呀！好嘔心呀！

女：BB 好衰㗎～一陣唔餵你食 Mum mum 呀～

男：一陣媽咪要除褲褲俾醫生打針針～

女：打針針好痛痛㗎…又要除底底俾醫生睇……

男：咁咪睇到你嗰度囉？果度有冇奶飲㗎？

媽呀！我求吓你哋收口啦，去爆房啦你哋…呢度診所嚟㗎！想點戀樣呀？ 🤍 2,101

一位小姐嚟睇醫生，登記時畀咗張醫療卡我，咁我就照程序同佢碌咗張醫療卡，亦畀佢簽埋名。

佢睇完醫生後，到拎藥時⋯問題就出現了。

佢：姑娘，呢度幾錢呀？

我：你張醫療卡唔使再額外畀錢呀。

佢：吓？點解呀？

我：因為你醫療卡包咗呀。

佢：你意思係我用醫療卡唔使畀錢睇醫生？

我：係呀。

佢：我堅持畀錢呢？

我：咁⋯我可以同你取消張單，再收你現金。

佢：一定要取消張單？公司卡喎，佢要我去公司醫生，用公司卡睇⋯⋯

我：如果你要畀現金，就要取消張單先。

佢：唔得呀，公司要用公司卡呀。

點呀，又要畀現金又要用醫療卡，你知唔知自己好矛盾呀？你知唔知自己講緊乜？

我：點解一定要畀現金？

佢：你碌咗我張卡咪扣咗我 Limit 囉？

我：你張醫療卡有限額的話就會扣。

佢：係囉係囉，扣咗咪少咗。

我：嗯，係⋯⋯

佢：咁扣咗我就少咗錢喺入面⋯⋯

我：⋯⋯

佢：我而家畀返現金你，你同我入返落去，條數咪 Balance 返。

我：點入⋯⋯

佢：Credit 同 Debit 問題啫。

我：間公司唔係我，我冇得入錢⋯⋯

佢：你加返條數落去就得啦，你扣錢㗎嘛。

我：我係申請中，錢未到我手⋯⋯

佢：一加一減，一個 Credit，一個 Debit，好難明咩？

救命呀醫生，我會計唔合格㗎！唔好同我講 Balance sheet 呀！唔好同我計數呀，我好驚數字呀，救命呀醫生！接力呀，手呀手呀手呀！

重複又重複拗咗一輪，小姐認為我係絕世大蠢材，掉低一句：蠢過隻豬！

就咁結束咗 Credit 同 Debit 嘅相戀故事…問世間情為何物呀，真係把撚啦！ 🩶 2,345

嗱你個星，
我最憎同數字
玩遊戲！

case	symptom	求吓你畀我
#45	remark	

有日有個叔叔嚟到診所～

叔叔：睇醫生呀。

我：好呀，喺度睇過未㗎？

叔叔：前排睇過啦。

我：覆診卡呢？

叔叔：冇拎呀，要帶㗎？

其實你哋都幾幽默，張覆診卡用嚟方便登記嘅，畀咗你哋又唔袋住，唔袋都算，仲成日問張卡有乜用，係咪一定要帶～做乜啫，張卡太靚仔要鎖起佢呀？

我：哦～係呀，覆診卡要拎㗎，直接又方便咁搵到你排版嘛！冇嘅話，就要畀你電話號碼或者身分證號碼我查喇～

叔叔：我前排先嚟睇過咋喝，又要登記過呀？

我：我搵返你個排版出嚟呀，你畀個電話號碼我得啦。

叔叔：我早排先睇完，你搵吓咪得囉！

我炳你個又燒包咩！你當我人工智能識 Scan 你個樣直接起你底咩？我係識嘅唔使企喺度同你 One more two more 啦！直接送你上宇宙太空啦！

我：咁我都需要你一啲資料先搵得到㗎……

叔叔：我早排先睇過咋嘛，得啦，你搵啦。

我：你畀個電話號碼我啦。

你畀我啦你畀我啦你畀我啦，我呢世人都未抄過人牌，你畀我啦你畀我啦你畀我啦你畀我啦，我求你啦大爺，你畀我啦！

叔叔：你搵吓啦，我睇完冇耐㗎咋！

我：咁你邊日嚟睇過呀。

叔叔：早排咋嘛，就…呀…嗯…呀…哦…前排囉！

我：你叫乜名呀？

叔叔：呢～～我嗰日睇完咋嘛！

我：唉，下個呀，先生，你企埋一邊諗吓先呀！　👍 5,003

─── *comments* ───

Crystal Leung
我哋無覆診卡，就成日俾人問點
解我哋無……

Isis Wong
其實對我嚟講，覆診卡唯一作用係
打電話預約……

case	symptom	新年留言
#46	remark	

新年期間，大部分診所都休息～包括我打工嗰間…年初幾返嚟開工，第一樣做嘅一定係聽電話留言～

錄音：你有三十個新訊息，收聽請按一字……

錄音：新你老母快樂呀！我病撚咗你就唔撚開工，仆街咁撚冇醫德呀！

錄音：開工未呀，休到幾時？執咗呀？

錄音：喂？診所呀？恭喜發財呀！

錄音：呀？老婆，好似係留言嚟，咁點呀？係咪去診所睇吓有冇人呀？

錄音：屌你！你覺得自己好風趣呀？On9 當有趣，食屎啦！

錄音：仆街啦！冇開工呀？幾時返呀？聽唔清楚呀？

……我聽到呢度，就好認真諗：點解今年啲人咁躁嘅？於是，我拎起自己手機，打電話到診所諗住聽吓個留言信箱係咪有問題…響咗好多聲後……

留言信箱：喂？喂？喂？…………錄得喇？喂？新年快樂！恭喜發財！我放假啦！冇咁快開工呀！新年快樂！拜拜！

乜事呀？我打錯電話咩？冇呀？！冇喎……同事，你係咪啪錯藥呀？ 👍 6,445

「做開前線嘅我，其實仲有乜好怕喎？」

說話呢！就唔係咁講啦！我除咗暗啞底都仲好怕俾人炳之外⋯久唔久都眼淚在心裡流⋯我⋯⋯其實都好怕真係病，又唔戴口罩嘅人！

又是咁的啦⋯⋯

有日有一個應該係重感冒嘅病人嚟登記，點解我知佢係重感冒？

一、佢把聲好顏聯武。
二、佢每用力索一下鼻，我都聽到鼻涕喺鼻腔度翻滾緊。

於是，我遞上口罩畀佢：先生，不如戴返個口罩，呢度人多又個個都病，保護好自己啊。

佢：我唞唔到氣，帶咗仲辛苦呀！
我：你拎咗先啦，最好都係戴啦～
佢：嗯⋯⋯

佢當然冇戴到口罩，繼續挨住喺登記處等我登記完。

突然，佢個頭向後一扯，再一鼓猛勁塊面縮埋一嚿咁「乞──嚏！」…喺呢 1.999999999999999 秒入面，我豬兜我抵死走唔切…任由佢個口度噴出大量唾液…個射程路線完全係直噴落我塊面加頭髮度………

今鋪士多啤梨蘋果橙啦，我中招了…我成頭成面都係……

我心入面嘅反應係：嘩！嘩！醫生呀！醫生呀！！醫生呀！！！我個頭呀！救命呀醫生！救命呀醫生！！救命呀醫生！！！救命呀醫生！！！救命呀醫生！！！！

現實反應係：先生，登記完，麻煩袋返好身分證同戴返個口罩。

佢可能望到我頭髮上有佢嘅傑作，所以冇出聲……好沉默咁帶上口罩。我亦好緩慢咁企起身…向同事示意要行開一陣～我行去洗手間，鎖好門…開大水喉，成個頭塞入洗手盤洗頭……

離開洗手間後，醫生見到我成大半個頭濕晒，就問：搞乜呀？跌咗落屎坑呀？

我：我跌得到落去就真係奇聞啦，你個屎坑爆硬呀！洗頭呀！
醫生：返返吓工洗乜頭呀？

同事行過嚟代我解釋：頭先有人打乞嚏冇揞口…成條鼻涕口水黐咗喺佢個頭度呀！咦呀！

醫生：咦呀！

咦呀，唔好嫌棄我啦！有冇風筒借畀我呀？ 👍 5,832

醫生!!

呢一刻 我好想死～

case	symptom	殺蚊
#48	remark	

一位小姐到診所問：有乜辦法滅蚊呀？

我：蚊香，蚊燈，蚊貼？

佢：我試過晒都唔得呀！有冇勁啲嘅？我好惹蚊呀！

我：咁⋯⋯插香茅？

佢：香茅得咩？

我：其實我唔知，因為我好少俾蚊咬，多數隔籬嗰個俾蚊咬多⋯⋯

佢：你乜血型？

我：A⋯⋯

佢：唔怪得啦！咁仲有冇其他滅蚊方法啊？

我：Sorry，我真係唔知⋯⋯

佢停一停⋯⋯

突然大嗌加手搲搲：姑娘你呢度都咁多蚊㗎！

我望住佢望嘅方向：吓？冇蚊呀！

見佢不停咁撥自己面前⋯我諗起了「飛蚊症」。

我：小姐，你不如睇醫生，等醫生同你檢查吓。

佢：你即係話我痴線啫！你都痴線！我問點滅蚊都當我有病？

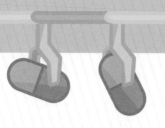

我唔識講嘢嘛，唔好咁啦…唔好爆我住啦！

我：我唔係咁嘅意思呀小姐…你可能要檢查吓對眼咋，同你登個記，見一見醫生好快㗎咋……

佢繼續手撥撥：你仲咒我有病？我冇諗住睇醫生㗎！入嚟問啲嘢都一定要見醫生㗎咩？係咪而家都要畀錢呀？

我：小姐，不如你等我一陣……

我 Google 了飛蚊症畀佢睇…佢收聲了，乖乖地登記睇醫生……拎轉介信去眼科。一直到走，佢都再冇同我講過嘢，冇正眼望過我……

Hey，怕乜啫～入得嚟個個都係有嘢想問有嘢想知，我哋唔怕你問，最怕你哋諱疾忌醫，最怕講完一大輪都冇反應！及早發現，乖乖地接受治療呀。 👍 3,618

comments

Ricky Hon
想不到在診所做姑娘也要拉客 xD

珍寶豬
趕得多…自然要拉返啲……

case #49	symptom	食飯定食藥
	remark	

有日有位女士睇醫生……

我出藥講：一日食四次，逐包食一粒，食咗嘢先好食藥啊。

佢：即係飯後食，定飯前食？

我：飯後。

佢：飯後幾耐之內要食？

我：食完嘢咪食囉！

佢：我一日食得一餐飯，咁咪食得一次藥？

我：食咗嘢先食藥就得啦，唔一定要飯嘅。

佢：食啲乜呀？

我：少少麵包或餅都得～

佢：我唔夠飽呀。

我：唔使飽肚嘅…食少少得㗎喇。

佢：呢度六包藥，一次過食定分開食呀？

我：逐包拎一粒，六粒一次過吞都得……

佢：分開食得唔得？

我：你一次過吞唔到，可以逐粒吞嘅……

佢：咁我咪要食六個麵包？

我：……

佢：咁咪好飽？

我：……

佢：一日咪要食廿四餐？

我：……乜呀……

呀呀呀呀呀呀呀呀呀呀係咪數學題呀？！

佢：食到咁飽點食藥呀？我食唔到咁多呀！可唔可以叫醫生畀一粒綜合嘅我呀？多功能嗰啲呢……

我：乜多功能？我唔係好明……

佢：好似幸福傷風素嗰啲呢！

我：我地冇呢啲……

佢：冇多功能嘅？六粒一次過要食晒呀？唔食飽又唔食得藥，食到太飽我又食唔到藥，六粒咁多，食飯都食到飽晒，仲點食…姑娘，飯後食我食唔落呀… 唔食飽又唔食得藥，係咪啲藥好傷身，先要食飽食藥？食到太飽我又食唔到藥…

重複重複又重複，重複重複又重複………

我去拎個木魚出嚟打坐扑扑齋先，喃嘸喃嘸喃嘸喃嘸喃嘸…拜拜～

👍 8,745

127

case #50	symptom	臥底
	remark	

有日有位小姐睇完醫生拎完藥，坐咗喺度玩咗陣電話，隔咗 10 分鐘左右，佢行埋嚟登記處，問潛伏喺診所做助護嘅老闆娘：知唔知呢度（舖頭名）點去？

老闆娘：唔知呀～

小姐：呢～喺乜乜乜（街道名）嘅呢！

老闆娘：我都唔識路呀～唔好意思～

小姐：喺乜乜乜（街道名）㗎喎！

老闆娘：真係唔知～

小姐：你知唔知搭乜車去最快呀？

老闆娘：我唔係住呢頭，唔熟路呀！

小姐：唔係住呢頭又喺呢度返工？唔想幫咪出聲囉……

跨區返工好奇呀？小學生都要跨區返學啦！好奇呀？好奇呀？

老闆娘冇應佢……

小姐篤咗陣電話後：我 Load 唔到個地圖出嚟呀！你用你嗰部搵吓吖！

呢個時候因為另一個病人份藥出得，所以老闆娘冇理到小姐～佢

就一直企喺度，撟埋雙手嘴貌貌咁望住老闆娘出藥⋯等到醫生房有病人出嚟，小姐如風一樣咁飄咗入醫生房⋯⋯

小姐：醫生，你出面個姑娘好唔掂！

醫生：嗯？

小姐：問佢去邊度又唔識又唔搵，佢都唔 Helpful 嘅！

醫生：嗯。

小姐：又唔識笑又唔 Helpful，呢啲人炒咗佢啦！喺度影響病人心情又趕客呀！

醫生：我太太佢平時都唔認路，都係我帶路⋯⋯

小姐：呢啲人⋯（停頓了）吓？太太？

醫生：嗯，坐喺出面嗰位係我太太～

小姐：Er⋯⋯⋯

醫生：我會同太太反映吓！

小姐唔知做乜突然笠水一路講一路走：Er⋯冇⋯冇⋯冇嘢啦！

頭先個霸氣氣場呢？ 👍 8,119

case	symptom	夫 妻 同 心
#51	remark	

有日一對夫婦一齊嚟睇醫生，睇完之後就由我出藥畀佢哋…大概講解完啲藥點食……

我：先生太太，你哋兩個加埋總共 $400～

太太低頭篤住電話講：你傳染畀我嘅，你畀啦！

先生望住太太：你自己貪心攞咗啲菌關我乜事呀？

太太：唔係你有病，我邊使睇醫生邊使食藥呀？睇醫生錢梗係你畀啦！

先生：啲錢已經一出糧就畀晒你咁滯，我呢度一次畀 $400，咁我呢個星期食乜呀？喺家用度扣囉！

太太：你病你嘅事，你傳染畀我，梗係你負責啦！家用畀咗我嘅就係我！

先生：我冇 $400 㗎！最多畀到自己嗰份！姑娘，呢度 $200！

先生塞咗 $200 畀我，一手搶咗自己袋藥…

太太：咁你而家即係同我玩 AA 制啦！好！你好嘢！姑娘！你幫邊一面？

兩面都唔幫，你兩公婆耍花槍關我乜事？

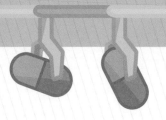

我：我冇意見……

太太同我講：你有冇見過男人咁㗎？你老公會唔會咁呀？

我：我冇意見……

太太：做男人做到咁，不如唔好做啦，你老公係咪咁呀？

我：我冇意見……

太太：你冇第二句㗎？你有乜有意見㗎？

我：關於藥費…因為我都企咗一段時間，而且我唔係淨係負責企喺度等收錢，如果你未畀住，不如我去做咗其他嘢先，到你畀錢嗰時你嗌我呀，我即刻畀返袋藥你～好冇？

先生：喂！你咁串，咁講嘢即係話我哋冇錢畀啫？

……唔係你哋一直唔畀錢咩？

我：我唔係咁嘅意思……

太太：畀錢遲啲就咁凶我，乜態度呀？

凶？我明明冇擺到個胸上枱面㗎？哪來的胸啊！

我：我絕對冇咁嘅意思⋯⋯

先生：乜嘢冇咁嘅意思呀？我聽到嘅就係咁！覺得我畀唔起咁話呀？$200 呀！

佢好似變魔術咁變多咗 $200 出嚟～好叻呀！

之後一手搶咗太太包藥，搭住太太膊頭一邊行出診所一邊講：正式狗眼看人低！嗰幾百畀佢睇醫生啦！

⋯⋯醫生⋯老闆，你收嗰 $400 可唔可以畀我去見心理醫生呀？

♡ 7,874

蝦我 BB
未死過呀？

瀨屎SHOW

有朝早，醫生未返到，有個男人走入嚟診所。

佢：姑娘，有得睇未？

我：醫生 15 分鐘後返到，而家可以登記先。

佢：你開咗工都未有得睇呀？

我：醫生未返嘛。

佢：咁你開門做乜呀？

其實呢個問題，我已經問咗十幾年，點解醫生要例遲？

啲醫生嘅回覆多數係：登記咗先，咁我返嚟咪即刻有嘢做…

我都唔明點解要咁做，我明嘅話就唔使坐喺度啦，老闆嘅嘢，我識條鐵咩，係咪先？

我：我喺度登記嘅。

佢：你登記有乜用？醫生又唔喺度！

我：咁登記……

我都未講完，佢就搶住講：唉，得啦得啦，你唔好咁多嘢講，講

嚟都嚟氣，你畀住幾粒藥我頂住先！

我：醫生未返，我唔可以開藥畀你㗎。

佢：你照返上次嗰啲畀我得啦，畀我食住先。

我：醫生未返，我真係唔可以畀藥你先。

佢：咁你喺度做乜？

登記囉，登記呀，登記呀，登記呀，我喺度齋登記㗎～～登～～記～～呀～～喂～～聽唔聽到呀？

我：我喺度……

佢又搶對白：唉，你唔好講廢話，畀粒瀉藥我先，我痾到就快死！

咪住先，你又話要瀉藥，但係又講到唔想痾咁，究竟你痾定唔痾？

我：你……

又又搶對白，佢：嗱嗱聲啦！我一陣喺度瀨屎就盞搞！

我指出洗手間位置：洗手間就喺嗰度。

佢：你畀粒瀉藥我先啦，我食開㗎啦，醫生成日開畀我㗎！

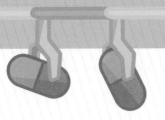

我：其實……

又又又搶，佢：你仲一碌木咁坐嚟度？拎藥畀我啦，我瀨㗎喇！

我：我唔坐嚟度就睇唔到你點瀨屎，我仲想影低你點瀨，等醫生返嚟可以睇返你痾到乜程度…唔知你介唔介意……

又又又又搶：你仲唔拎藥畀我？

我：我只可以登記，醫生未返我唔可以畀任何藥你……

佢：我頂唔順啦！

我：等等呀先生，我未開得切鏡頭呀，唔好瀨住呀！

佢一路夾住屎忽一路衝去洗手間，一路聲都震埋：我～～屌～～你老母，痴撚線㗎你！

我畀得你，我就可能冇咗份工㗎喇～體諒吓啦～你幾十歲人要兜口兜面玩瀨屎，我都控制唔到㗎嘛～ 🤍 4,567

case	symptom	
#53	remark	男娔男娔豬呃假紙

✎ 有日一早登記好晒，我習慣咗登記後會講：醫生 10 點返，你排第 X 個～

到 9 點 55 分，啲病人返晒嚟診所等醫生。

嗌 A 入去見醫生嗰陣，排第一嘅 A 掛住玩電話冇留意嗌咗佢名，排第四嘅 D 光速瞬間轉移咁就衝咗入去醫生房⋯⋯

我嗌都嗌唔住⋯

D 一坐底，醫生就講：早晨，係咪 A 呀？

D：唔係，我係 D 呀。

醫生望望排版：頭先我嗌 A 名，你未到㗎。

D：我都坐低咗啦，入咗嚟啦。

醫生：咁請你出返去等等先，我睇完排你前面嗰三位就到你～

D：都入咗嚟咯，你咪照睇囉。

醫生：麻煩你出去等等。

D：你嗌得我出去都睇完我啦，入咗嚟咪睇埋囉。

醫生：姑娘，麻煩叫 A 入嚟同留意返入嚟嘅係咪第二個人，跟錯排版後果可以好嚴重。

➡

D 嬲爆爆行返出去，同我呻：我排第四咩？

我：係呀。

D：你頭先又唔講？

我：登記嗰時有講㗎我，可能隔咗一陣你唔記得啦。

D：你醫生都唔係做生意嘅，我入得去就睇埋啦嘛，要我行出行入。

我：你排第四嘛，都未到你～

D：咁我入咗去啦嘛。

我：哦～你坐低等吓啦，聽到醫生嗌你名先入去啊～

到嗌 D 入去，D 入到醫生房好明顯條氣仲好唔順：到我啦嘛？今次係嗌我名啦嘛？

醫生：係，你有邊度唔舒服呢？

D 好大聲發住脾氣講：我冇唔舒服，我要兩日假紙休息啫，唔使開藥畀我啦！

醫生：冇唔舒服唔使病假紙啦，冇藥拎，你可以走啦。

……陰公囉！為乜啫？又要去第二間排過隊啦～唔好嬲啦！

case	symptom	24 小時 Hotline
#54	remark	

一朝早返到診所例牌先聽電話留言～

錄音：你收到十個新留言，收聽請按一字……

乜咁旺場呀？平時都係得一、兩個留言咋喎…我按一字收聽……

錄音：尋日上午 2 時 21 分…喂？診所呀？……嘟……

錄音：尋日上午 2 時 24 分…喂？我想問我使唔使食藥呀？……嘟……

錄音：尋日上午 2 時 28 分…喂？你覆吓我吖！我電話係 XXXX - XXXX ……嘟……

錄音：尋日上午 2 時 30 分…喂？你係咪聽到呀？我 3 點 10 分就夠鐘食藥喇，我睇藥袋上寫每日服四次，每次服一粒，每隔四小時服一次，我 11 點 10 分食咗呀，一陣係咪要食呀？……嘟……

錄音：尋日上午 2 時 38 分…喂？我等緊你電話呀！覆返我電話呀！……嘟……

錄音：尋日上午 2 時 45 分…喂？我好眼瞓喇，我食唔食藥呀？覆我呀！……嘟…

錄音：尋日上午 2 時 56 分…喂？覆吓我呀！……嘟……

錄音：尋日上午 2 時 59 分…喂？就夠鐘喇，覆我食唔食得呀！……嘟……

錄音：尋日上午 3 時 04 分…喂？你收唔收到我留口訊呀！我 3 點 10 分就隔咗四個鐘啦，係咪要食呀？快啲覆我呀……嘟……

錄音：尋日上午 3 時 15 分…你個留言冇人聽冇人覆，咁嘛我留言做乜？我食咗啦！*%@%/-=!&-*(！唔好打畀我呀！冇譜㗎！我唔會再睇你呀！

我聽晒所有留言後，根據返頭先留言中嘅電話號碼搵返佢個病歷出嚟…睇吓佢食咗咩藥：「止痾藥，需要時服。」

如果半夜都仲肚痾梗係食啦！仲有留言都係 Office hour 先覆的…Sorry…… 👍 5,156

comments

Hyman Hong
我諗起病人半夜較鬧鐘食安眠藥嘅笑話……

Leung Wing Yan
我諗我唔可以一口氣聽晒佢留言，因為我睇字都笑死咗，要停一停分兩次睇！

case	symptom	通通窿
#55	remark	

有日一朝早開門，有對夫婦到診所……

老婆：小姐，你地有冇長鉗？

我：冇呀……

老婆：有冇啲乜可以用嚟撩嘢？

我：你想撩啲乜呀？

老婆：撩個窿呀！

鼻哥窿、耳仔窿、屎忽窿定乜窿呀……

我：乜嘢窿都好，我地呢度冇得撩嘅……

老婆：醫生喺唔喺度呀？

我：未返，仲有 45 分鐘先返……

老公突然開口：死咯，溶晒咯！

老婆睥住個老公：你呀！冇咁大個頭唔好帶咁大頂帽啦！明知鬆都仲要用！

老公：喂！唔小心跌咗入去咋喎，咁都賴我？你嗰個黑洞嚟㗎？

老婆：軟皮蛇！唔係你軟咗都仲要做點會咁？

老公：做緊都俾你哦，唔軟就奇啦！

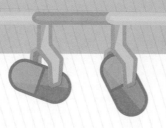

老婆：好難為你喎，唔好搞囉！

老公：搞一次哦一次，搵鬼搞你！

嗨，嗨，嗨，你地見唔見到我仲喺度㗎？可唔可以返屋企閂埋門先討論呀？

我：呀…先生小姐，你地係咪漏咗個避孕套喺入面？

老婆老公收聲了，一齊望住我，老公：你又知？

我：你哋講到咁…我畀婦科醫生卡片你，你打電話去睇吓 Book 唔 Book 到今日啦，仲有如果你哋只係用避孕套做單一避孕方式嘅話，你最好食埋事後丸⋯⋯

老公：婦科幾錢㗎？

我：我唔清楚實質收費係幾多…大概 \$600 至 \$900 啩⋯⋯

老公：嘩！咁貴？我哋冇錢㗎！

老婆即場原地跳：會唔會跌返出嚟㗎？

我：應該冇乜可能⋯⋯

老公：有可能㗎，好鬆㗎佢⋯⋯

老婆繼續原地跳……

老公：去急症得唔得？

我：你哋咁都唔算乜急症…去到可能等好耐……

老公：唔使錢就得啦！

老婆跳跳跳跳跳跳：睇多陣先啦，可能屎尿有尿力沖得返出嚟呢！可能跌得返出嚟呢！可能屙屎會推到佢出嚟呢！

點呀，屎尿嗰個窿…唔係嗰個窿呀…又屙屎個窿…你地究竟玩邊個窿呀？ 👍 4,075

———— comments ————

Kiu Kiu Cheung
「屎尿有尿力……」佢老婆係男人嚟㗎咩？

Tellme Why
姑娘，沖水入去會唔會浮返出嚟？

珍寶豬
我唔想幻想……

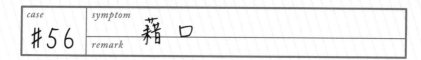

一位小姐到診所，佢：姑娘，我要做致敏原測試！

我：好呀，咁登記先，一陣見醫生呀～

佢：係咪驗到貓狗毛嘅？

我：有 Check 動物的～你想養動物呀？

佢：我而家有養，計劃要小朋友，諗住 Check 到有敏感就可以同老公講唔要啲貓…

我：吓？但係小朋友同動物共處係冇問題㗎……

佢好大反應好大聲：梗係唔得啦！ BB 會敏感㗎！

我：其實由細接觸到大嘅小朋友，敏感機會更少……

佢：唔得唔得！ BB 好易敏感㗎！

我都知我講㗎都嘥氣，咁照登記等見醫生…

入到醫生房，小姐要求醫生一定要 Check 到佢對貓狗敏感，要保證份報告內容係佢想要的…醫生表明冇得保證～佢就轉叫醫生寫醫生證明…證明佢唔應該養寵物～當然…冇得咁寫啦……

小姐出到嚟仲唔死心問：姑娘，知唔知邊度有得做？

我：唔知…… 7,901

case	symptom	新 世 代 打 工 女 皇
#57	remark	

話說有日請咗個妹妹仔做全職～啱啱畢業，幾純品～佢叫阿儀……

第一日返工……

儀：寶豬，我地幾點 Lunch 㗎？

我：正路就 1 點，不過好多時都 OT 嘅…你冇食早餐咩？我櫃桶有零食啊，你食住先呀！

儀：唔係呀，我老竇一陣拎飯畀我嘛，我唔食零食嘅，好肥㗎！

我：………

咁你嘅肉點嚟…………

到 1 點左右，診所大堂坐咗好多人，都係要 OT …

儀老竇嚟咗：阿女！食飯咯……

我：先生，我哋未放 Lunch 呀，你坐低等等啦！

佢好大聲又唔代表佢冇禮貌：啲飯凍晒冇益呀！而家嗌佢出嚟食呀！

我：我哋仲做緊嘢……

阿儀一路講一路放低手上嘅工作：寶豬，你一個人做都得啦？我好肚餓呀，我行先啦！

阿儀同佢老竇就咁去咗⋯⋯食飯～得返我同醫生做嘢⋯醫生見到又召喚我～

醫生：阿儀做乜走先嘅？

我：肚餓喎⋯⋯

醫生：我夠肚餓啦！

我：要唔要我標童上身趕走晒出面啲客？

醫生：痴線！嗲嗲聲做埋佢啦！

終於我同醫生要 2 點 20 分先走得⋯⋯

我就自己出去食晏，碗魚蛋河啱啱嚟到冇耐，我電話就響起⋯⋯

儀：你喺邊呀？

我：喺乜乜乜食緊嘢～

儀：診所鎖咗門嘅？

我：冇人喺度咪鎖門囉⋯⋯

儀：我返唔到入去呀！我食完 Lunch 啦！

我：你去行吓街先啦，我未食呀⋯⋯

儀：幾點呀？仲未食？你返嚟開門畀我先啦！我好凍呀！

我：等 15 分鐘啦！你去附近商場行陣先啦！

之後我就 Cut 咗佢線了⋯⋯

返到診所，我見到阿儀同佢老竇坐咗喺門口⋯⋯

佢老竇一見到我就衝埋嚟：你有冇搞錯呀！食飯食咁耐！我地喺度食風食足咁耐呀！凍親我個女點算？

我：咪叫咗你地去附近商場行吓先⋯⋯

佢：畀鎖匙我！我配返兩條袋住呀！

我：要過咗一個月先有鎖匙畀佢袋嘅⋯⋯

佢：唔係我女袋呀！我袋呀！

我妖⋯⋯⋯⋯怪獸你歸家做柒頭皮啦～你打工定你個女打工呀！

我：診所鎖匙又點會畀你袋呢⋯又唔係你返工～

佢：你咁遲返，我個女坐喺度好危險㗎！

我：下次佢可以同我一齊食 Lunch，咁咪一齊返，又或者佢自己

食完可以去散吓步～

佢：要我個女同你一齊食咁冇益？阿女！唔好做喇！呢間咁嘅嘢正八婆！都唔重視你！做埋做埋都蝕呀！返屋企咯！同呢啲人一齊做嘢都冇啲貴格呀！

結果，佢哋真係走咗，阿儀冇再返嚟…… 👍 11,296

我個女好珍貴㗎！

case	symptom
#58	等
	remark

有日 12 點 25 分一個男人拖住個 10 歲男仔到診所登記，登記後發現睇醫生的係 3 歲小妹妹，我周圍望都唔覺佢有個三歲女，就開口問：請問乜乜乜（妹妹名）係咪未到呀？

男人：梗係未到啦！你見到咩？

我都係問吓啫，唔屎咁串嘛：哦，咁佢幾時會到呢？

男人：到咗咪見到囉！問！

我 Dee 你咩！我得罪咗你咩？

個男人同個男仔坐咗喺櫈度，你眼望我眼，望咗 25 分鐘⋯

醫生召喚我入去，問：寶豬，出面嗰兩位乜事啊？

我：睇嗰個未到⋯⋯

醫生：我走喇喎，都就 1 點啦。

我：咁我出去問問佢啦⋯⋯

我行返出去問：先生，唔好意思，妹妹佢幾點左右到呢？因為就閂門啦。

男人：我坐咗喺度啦，我今日打過電話㗎，你話 12 點 45 分前到呀嘛，而家我登記咗啦，你都要等埋佢。

我：12 點 45 前到意思係病人到⋯⋯

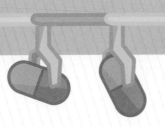

男人：咁我而家登記咗，都要睇埋我個女先㗎！

我：佢大概幾點到呢？因為醫生要走㗎喇。

男人：佢嚟到咪到囉！問我，我點知呀？

……你個女嚟㗎喎，唔問你，唔通問我呀？定凡事問蒼天好呀？

我：一係先生你哋 3 點再嚟啦，而家醫生要走㗎喇～

男人：未睇我個女點解走呀？我登記咗㗎！

呢個時候，醫生拎住公事包行出嚟準備推門走。

男人見到就衝上前阻攔：**醫生！你未睇我個女㗎！**

醫生：我趕住去醫院。

男人：醫院係病人，我個女夠病啦！

醫生：你個女幾時到呢？

男人：嚟緊㗎喇！

醫生：去到邊呢？

男人：就到㗎喇！

醫生：你哋可以晏啲再嚟。

男人：就到㗎喇！等多陣啦！醫者父母心呀！

醫生：呢句嘢唔啱用嚟形容而家呢個狀況。

醫生講完呢句之後，就轉身射個三分波咁款推門直出診所，個男人想拉都拉唔住。唯有目送醫生背影離開，隨住醫生越走越遠，直至消失於人群後……男人只好遷怒於我身上。

男人：喂！咁而家即係點呀？

我：熄燈鎖門收工食飯……

男人：咁我呢？

我：一齊去食飯？

男人：痴線！鬼同你食飯呀！阿仔走啦，晏啲再嚟啦，麻鬼煩㗎，話走就走！個死婆幾時先到呀，化妝整頭搞幾撚耐呀！打畀你老母啦！屌你老母！

去食個法國餐啦，食埋甜品應該差唔多啦，唔好咁勞氣啦～

♡ 6,890

有日有位新症小姐到診所睇醫生,拎藥畀錢時「啪」一聲咁放低張 $1000 紙幣。

我:唔好意思呀小姐,我哋唔收 $1000 紙㗎。

佢:$1000 唔係錢呀?

我:唔係,我哋冇咁多散紙找返畀你～我哋寫咗唔收 $1000 啊,真係唔好意思～或者你可以去對面 7－11 入八達通又或者到附近銀行撳機。

佢:你寫咗又點呀?錢我就張張 $1000!你寫不設找續唔通成張 $1000 食咗我呀?法定貨幣到你唔收咩?我報警喇呀!

我:小姐咁麻煩你等等,我睇吓醫生有冇得找啊～

我入到醫生房問醫生:出面位小姐堅持畀 $1000 啊～醫生你有冇四張 $100 呀?今朝個個畀 $500 紙,唔夠 $100 找畀佢呀～

醫生:咪話咗唔收 $1000 囉。

我:佢話法定貨幣,冇得唔收…講到要報警……

醫生:咁好氣拗即係好精神啦!仲使乜要病假?你出去同佢講「而家唔收你錢,你去第間睇啦!」

我:………

唉～～咪即係又難為我……

我死死地氣出返去：小姐，醫生話唔收你錢，叫你去第二間睇……

佢：假紙呢？

我：冇收你錢嘅，藥同假紙都唔會有啊，你去第二間睇……

佢：喂！你玩嘢呀？假期仲有邊度開呀？

我：醫生話佢唔畀病假紙你㗎喇～

佢：咁即係玩我啫！你而家叫我去邊呀？我有錢畀㗎喎，你唔收咋嘛！可以話唔畀就唔畀㗎咩？你呢度黑店嚟㗎？咁做生意㗎？

我：……

佢：我去唱衰你！X 你老 X！

佢講完就轉身走咗～

其實我都想診所好似銀行咁有大量儲備作找續用途，予人方便之餘，又可以俾人炳少幾萬鑊～但奈何…我唔係話事嗰個……

兩個鐘後，小姐回來了…應該係搵唔到第二間診所。

佢：嗱！呢度 $220 呀！你數呀！

我望住前面一袋神沙，有 5 毫、2 毫、1 毫、5 蚊、2 蚊、1 蚊……我都唔好意思再講好似有條例規定如果以毫子付款係唔可以超過兩蚊……

我默默的數，默默的數，默默的數……夠 $220 了！

我入醫生房講畀醫生知：醫生，位小姐返嚟畀錢喇～咁包藥照畀佢啦？

醫生：是但啦！

我出返去：小姐，可以喇，呢度係你袋藥～

佢：Cheap 得你吖！

我都覺得自己好 Cheap，仲要硬食袋神沙，拎自己嘅紙鈔換返畀老闆…頂你…… 👍 5,083

--- comments ---

Cecilia Lam
你將張假紙切開 220 份畀返佢嘛 xD

Annie Hong
好多 Comments 都係報復建議，其實我們應該學學寶寶豬姐咁，退一步海闊天空。

case	symptom	食 錯 藥
#60	remark	

一位女士睇完醫生，佢吩咐咗醫生朝早嘅藥唔可以有睡意，夜晚嘅先可以有睡意～咁醫生就開咗一粒嘅無睡意收鼻水藥朝早食，夜晚又另一隻有睡意嘅收鼻水藥。

我喺出藥時已講得清清楚楚：呢一包係朝早食，呢一包係瞓覺前食，藥袋都有 Label 貼住寫明以作識別，睇清楚先好食呀～

佢：得啦得啦，有冇水杯？我而家食埋先！

我畀咗個水杯佢後，就去做其他嘢～

佢突然大嗌：哎呀！

我立即去望吓乜事：小姐，乜事？

佢：激死我啦！呢隻係咪今晚先食呀？

我望到包瞓前食嘅冇咗一粒：係呀……

佢：激死我啦！咁呢包呢？

我望到朝早食嘅又冇咗一粒：呢包而家食就啱……

佢：激死我啦！我食晒早晚嘅，食多咗粒，咁可以點呀？

我：你都吞咗，冇辦法啦……

佢：我食多咗粒會唔會有事㗎？

我：呢啲收鼻水藥冇事嘅，醫生有時都會開畀病人食四次。

佢：我要唔要扣喉呀？激死我啦！你又唔講，又唔睇住我食藥！

係啦，你食錯咗係我錯啦，推個責任去我度係必然同理所當然嘅事嘛～

我：唔使扣喉…你食完會眼瞓嘅，而家返屋企休息啦～

佢：我喺屋企有啲乜事點算呀？食多咗呀，會唔會死人㗎？

我：咁又唔會死，平時都有人食四次，只係因為你想日頭唔眼瞓，所以先改做臨瞓食一次啫～

佢：激死我啦！食多咗粒唔好㗎喎，扣喉先啦！

佢一路講一路伸兩隻手指入口，喉度挖呀挖呀挖呀挖呀挖……

我：小姐，如果你真係要扣喉，不如去洗手間搞啦～

佢含住兩隻手指講：唔得！我要畀你睇返入面有冇嗰粒藥㗎嘛！

即係點呀？你諗住坦蕩蕩咁嘔喺我枱面呀？你嫌命長呀？

我：你真係要搞，去洗手間搞啦！你想喺度嘔咩！醫生會收返你清潔費㗎～

佢仍然含住兩隻手指：你哋睇住安全啲嘛！

痴線！你嘔咗喺度，你條命仔凍過水就有份！

我：你去洗手間啦！

佢緩緩拎返嗰兩隻手指出嚟：我好似扣唔到，你可唔可以……

佢捉住我隻手！

再講：可唔可以幫我扣？

痴線！痴線！痴線！痴線！痴線！痴線！痴線！痴線！痴線！

我：小姐，你唔好再玩我啦，我就快心臟病發……

佢：我食多咗粒，有乜事點算？

醫生按捺不住了，要出手啦：姑娘，Call 救護車！

佢：醫生，真係咁大件事？

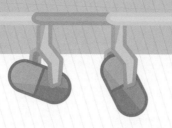

醫生：你覺得係咁大件事就去洗胃！講就講咗冇事，你唔信咪去辛苦吓自己！

佢：洗胃？

醫生：係呀。

佢望住我：姑娘，畀多個杯我呀！

佢拎咗水杯之後，行去水機面前：激死我，咁都要入院洗胃！小小事咋嘛！小題大做！激死我！飲多幾 L 水沖淡佢咪得囉！

慢慢飲啦，我去洗手先～ ♡ 7,749

case	symptom	
#61	remark	情信

★大家姐系列

有日我 Lunch 完，返診所開門，見到地下有個粉紅色信封，抬頭只寫「To my BB」……

我拎住封信問妹妹仔同事：你男友畀你㗎？BB 喎？

妹妹仔：我哋唔嗌 BB 㗎，係老公豬老婆豬！

OK，you win，bye bye！

我問醫生：醫生，你係咪叫 BB？

醫生：我太太唔會咁叫我。

Bye！

我望住大家姐：大家姐呀…都係……冇嘢喇～

有人敢叫你做 BB 嘅話，我切！

大家姐：乜呀！講啦！

我：你唔係叫 B……B 呀可？

大家姐：痴 X 線，做乜呀？

我　　：我頭先開門見到有封嘢，To my BB 呀，拆唔拆嚟睇呀？

大家姐：梗係拆啦！睇吓邊個柒姑碌係 BB 呀！

於是我哋三個姑娘好緊張咁拆開封信睇吓寫乜⋯⋯慢慢撳開嗰張心形貼紙⋯溫柔地拎出嗰張對摺得好工整嘅信紙⋯⋯內容如下：

BB！

我好鍾意你！！！！！！

Love U！

完。

我　　：⋯⋯吓？咁就完啦？

妹妹仔：哈哈哈哈哈哈！

大家姐：柒姑碌真係柒姑碌！

係咪小學豬跌咗封情信呀？搵人認咗佢好喎！　👍 4,106

case	symptom		
#62	**失物**		
	remark		*大家姐系列

有日我同大家姐一齊坐喺度思考人生，探索宇宙奧秘（簡稱：發吽哣）…有個男仔神情緊張咁入嚟診所，行嚟登記處～

佢：姑娘可唔可以幫幫手？

多數一聽到呢句，好大機會唔慌好嘢，有時我都好想試吓答：唔可以……

大家姐：唔可以。

吓？果然係真的漢子直必腸大家姐呀！

男嘅好明顯冇預期答案係咁：吓？

大家姐：咪答咗你，唔可以囉，吓乜呀？

男：我想問……

大家姐搶住應：我哋唔係童軍，唔日行一善，係咁！

男嘅用一對眼屎都未捽乾淨、楚楚可憐嘅眼望住我：姑娘，可唔可以…

大家姐：唔可以呀唔可以呀！你當我死㗎？我生勾勾坐喺度，你撩第二個？當我冇到呀？

男仍然望住我：姑娘……

唔好望住我啦，你想我死咩？我應咗你咪俾大家姐捽死？你當我傻 B 呀？我唔會理你㗎！我唔會理你㗎！你走呀！

大家姐：呀！你仲講呀？唔可以呀！你望住我！唔可以呀！

男：我唔係同你講嘢呀！

大家姐：你當呢度係乜地方呀？你嚟揀小姐呀？話要邊個就要邊個呀？你望住我呀！

男：妖！我問你，你知咩？

大家姐：呢度我最大，有乜係我唔知？

男急口令咁：上星期我嚟睇醫生，有冇漏低咗張八達通喺度呀？有冇呀？

大家姐望住我，我個 56K 腦喺度 Loading…

男啄住大家姐：有冇呀有冇呀？你唔係乜都知咩？

我：呀！係有張成人八達通呀！跌咗喺醫生房櫈底度吖嘛，我執起咗㗎！

男望住大家姐：哦！佢就知，你做最大嘅就唔知！

161

大家姐谷紅都面晒…嘈乜呀，撈埋嚟做瀨尿牛丸吖笨…我入去藥房度拎返張八達通畀佢～

男的仍然唔放過大家姐，一路講一路走：最大喎！乜都知喎！超，好大呀！

大家姐衝去拉住佢：你話張八達通係你就係你呀？有乜證明呀？Number 幾多號呀？有冇單呀？

男的：咩呀？係我漏低㗎！

佢哋拉拉扯扯，你一句我一句咁行到診所門外……

隔咗一陣，大家姐返入嚟同我講：喂！你呀！唔好成日咁死蠢得唔得呀？人哋講乜你就信！下次有人跌乜都直接拎去警署呀！

唔係喎？吓吓拎去警署我咪日日都去報到咁？　💬 4,408

case	symptom	偉哥
#63	remark	

*大家姐系列

一個落雨濕濕嘅下午,最好就係匿喺屋企攤喺床碌吓瞓吓……可惜,我又要對住大家姐,又係要返工~

「嘭」一聲,一個著住件長褸、成身濕晒嘅男人,好大力咁推門而入,企咗喺度周圍望~

我:先生,係咪睇醫生呀,同你登記呀。

男:等等……

我一等就等咗 15 分鐘……

男:你醫生係男定女呀?

我:男醫生呀。

男自言自語:男嘅好,男嘅好,男嘅好……

我:咁你係咪要睇醫生呀?畀身分證我登記先吖。

男:我住附近,冇拎身分證呀。

我:如果你唔要收據或者病假紙都得嘅……

男:唔使呀,你「嗱嗱聲」登記啦,我趕時間呀!

我:咁麻煩先生自己填返啲資料……

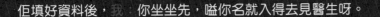

佢填好資料後，我：你坐坐先，嗌你名就入得去見醫生呀。

男：快啲得唔得？

我：嗯，好快好快。

隔咗兩三分鐘，醫生嗌名，佢9秒9撞入醫生房，係呀，係撞呀～手係仍然插住褸袋嘅……

佢一入到醫生房，我同大家姐就好八卦想「偷聽」吓呢位兄台乜事睇醫生，因為直覺話畀我知，佢一定唔係睇傷風感冒咳……

男：醫生救吓我呀！

醫生：有邊度唔舒服？

男：下面！

醫生：有乜唔舒服？

男：都係冇嘢喇！

一講完呢句佢就衝出醫生房…又喺候診大堂度兜兜轉菊花園……我、大家姐同醫生都係充滿好奇心嘅「好人」，好想知呢位兄台究竟有乜難言之隱～

大家姐：條友乜料呀？

醫生：佢仲睇唔睇？

我　不如醫生你出去關懷吓佢，佢好似好辛苦。

大家姐：我去！

你哋認為我同醫生撳得住大家姐咩？大家姐嘅「關懷」猶如潑出去嘅水，一發不可收拾跣Q死你呀！我同醫生唯有齊齊為長樓男士祈禱誦經……

大家姐：喂！阿生，你想左騰右騰到幾時呀？

男：畀啲時間我呀……

大家姐：有乜就睇醫生啦！你騰到今晚都冇用㗎！你要騰就出去騰！

男：診所而家都冇人，我點行點等都阻唔到你呀！

大家姐：你仲要駁！你係睇就而家睇！唔睇就返屋企！

男：我返到屋企就唔使喺度啦！

大家姐：我唔X係你老婆，咪X同我呻！

男：我要見醫生！

就係咁，佢又入咗去見醫生～

男：醫生，我想投訴你嗰個姑娘！

醫生　你有邊度唔舒服？

男：你個姑娘完全係趕客！

醫生：你見邊度唔舒服？

男：我喺度行佢都要管！仲叫我走！我要投訴佢！

醫生：你有邊度唔舒服呀？

男：而家好似冇事啦⋯⋯

醫生：要唔要檢查？

男：我頭先食咗偉哥⋯有啲意外冇得 Do⋯硬咗唔識軟咁⋯見完頭先個姑娘就冇事⋯⋯

呀！呀！呀！呀！吓！吓！吓！呀！吓！呀！呀！吓？嗯⋯⋯

我：正所謂⋯救人一命勝造七級浮屠⋯⋯

大家姐：我 X 你老 X 個 XXXXX 浮屠！

都叫救人一命嘛，功德無量呀！

我突然想唱歌～ Music！

Only you ～ Can 令 Me J 仔軟～

Only y～o～u～～ 👍 6,290

#64-94

診所低能奇觀2
FUNNY + CLINIC

case	symptom
#64	加減數
	remark

一位男士睇完醫生，成功獲得三日假，由 7 號至 9 號。

出藥時，佢：畀張假紙我睇咗先！

佢睇睇就話：我要三日喎！

我望望：係三日呀，7 號至 9 號嘛…

佢：得兩日咋嘛！

我：三日喎……

佢：9 減 7 咪 2 囉，你唔識計數㗎？

我拎埋月曆出嚟篤畀佢睇：7 號至 9 號，7！8！9！咪三日囉！

佢：9 減 7 係 2 呀！得兩日咋！

我：7！8！9！三日呀……

佢：點解你會話係三日呀！明明得兩日！

我：不如你坐低諗吓先。

佢：哦……

佢坐咗十幾分鐘，都係睥住張假紙……

佢：姑娘，9 減 7 係 2 囉……

我：呢條唔係加減數呀～

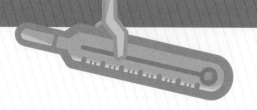

佢：數字就係數學啦！你改返做 10 吖！

我：改做 10 就係 7，8，9，10，變做四日啦⋯⋯

佢：10 減 7 係 3，咪啱囉，你有冇讀過書？

醫生，我投降啦！接力接力呀！手呢？擊掌接力呀醫生！醫生！

👍 12,131

數學小神童呀！

case	symptom	避孕套
#65	remark	

有個廿幾歲仔入到診所左望右望……

我問：先生，係咪登記睇醫生呀？

佢：呀…呀…呀…我想…買嘢……

我：買嘢？買乜嘢呀？

佢：嗰個…呀呀呀…套呀……

我：套？

佢：要…半打呀……

我：先生，我哋呢度冇套賣……

佢：半打呀，六盒呀……

我：你去附近七仔惠康買啦。

佢：呢度買有折呀…平好多呀……

我：我哋係冇得賣……

佢終於瞓醒，望住我：朋友又話有得買嘅！仲話係超薄！

我：你朋友講嘅應該係家計會或健康院。

佢：附近有冇家計會呀？

我：冇呀，喺灣仔呀。

佢：我唔經嗰頭，可唔可以訂購嚟呢度拎？

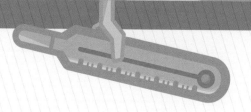

我：我哋冇得咁訂……

佢：要去家計會買？

我：係呀。

佢：佢會唔會問我買嚟做乜？

我：……

避孕套仲可以點用？

做愛做的事囉？考我唔到嘅！ 👍 1,841

comments

Andy Yung
可能人哋幫男朋友買呢！

珍寶豬
我捽咗幾次眼，男朋友？

Shirley Chan
買嚟打 J 唔得咩？

珍寶豬
死得好冤枉，精子死因：無理下
窒息至死。

case	symptom	兄弟定女人
#66	remark	

一對情侶嬲爆爆嚟到診所，女嘅一坐定就爆個男仔：有冇搞錯呀？你得一日假咋！得平安夜先有得放假，咁都要去飲？

男：都冇辦法㗎…我哋晏晝出去玩啦～

女：平安夜呀！梗係夜晚先出嚟啦！日光日白平乜安夜呀！

男：咁佢咁啱嗰日要結婚嘛……

女嘅扁晒嘴：痴線㗎！平安夜結乜婚呀！得佢一個要過平安夜呀？

男：佢結婚嘛…

女：咁點好呀？你得嗰日有假咋！

男：我哋晏晝去玩啦，乖啦好冇？

女嘅擰歪臉嬲爆爆～男嘅入去睇醫生…我就喺度食花生……

到男嘅睇完醫生，Pat pat 都未坐低，佢部電話就響～

男：喂？

！

！

！

！

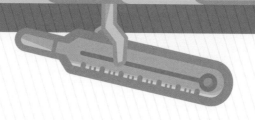

！

乜話？哦…

我見到佢個樣辛苦過絞肚痛⋯⋯

收線後，女嘅問男：做乜呀？

男：佢搵我做兄弟…

女：幾時做呀？！

男：12 月 24 號⋯⋯

女：做幾耐呀？！

我嘅心聲 Mode：一日囉～ Byebye ～閻羅王搵你了～ 👍 5,239

comments

> **Hoi Lam Chan**
> 珍寶豬姑娘，我想知結局係點？條
> 女一巴星埋個男仔度？

> **珍寶豬**
> 冇出聲，個世界冰封了～
> Let it go ～ let it go ～

> **Hayley Yiu**
> 他的平安夜將會變得不平安⋯⋯

case	symptom	雙面藥
#67	remark	

話說有對母子嚟診所,病嘅係廿幾歲仔仔。睇完醫生,普通腸胃炎啫~咁就執劑藥食吓啦~

隔咗半個鐘……

個阿娘打嚟一輪嘴咁爆我:你呀!點做嘢㗎!有冇帶眼執藥㗎!都唔知你咩姑娘嚟!咁粗心大意!食死人點算呀?唔想做就唔好撈啦嘛!留喺度獻世咩!咁多人死又唔見你去死!食死我個仔咁點算呀!你賠得起咩?

我生都生唔切呀,真係賠唔起呀!

後面仲有幾十句類似嘅對白咁啦,我已經記唔晒~到佢終於停一停要回氣嗰陣……

我問佢發生咩事:太太,唔好意思,請問執錯咩藥~係邊一包有問題呢?

佢就話:你嗰隻胃藥呀!開兩日藥㗎嘛!你個死白痴畀咗三粒黃色,五粒白色呀!你個死白痴執錯藥因住害死人呀!

我好平靜咁回答:嗰隻藥係雙面…即係一面白色一面黃色……

聽筒中 Dead air 咗 10 秒～～之後聽到一聲好微弱嘅：吓？
係…㗎？

跟住就係無情嘅 Cut 線……

你做乜咁傻豬啫？ 👍 9,700

即刻白又得，
即刻黃亦得～

得咗～

case	symptom	搵工妹妹
#68	remark	

有日有位妹妹仔背心熱褲超青春～

入到診所問：姨姨，請唔請人呀？

我：暫時唔請……

佢：Part time 都得㗎，Full time 我都唔做～

我：你等等呀～

我入去問吓老闆有冇興趣請個 Part time 解決人手不足嘅問題…老闆話正正常常都可以～

我出返去：你填咗資料畀我先。

佢望住張表格問：填我嗰啲呀？

我：你見工就梗係填你㗎啦。

佢：阿姨，你態度好啲講清楚啲咪得囉！

填好後～

我問：你幾時可以返工？

佢：聽日晏晝都得啦，講明先我兩星期後去台灣環島，仲有我星期六日唔返嘅！朝早都唔返！我返 4－8 呀！

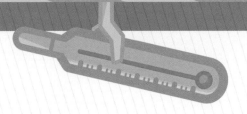

我：咁你不如去完旅行先搵工……

佢：兩星期夠啦，我搵少少賺旅費夠啦，你計 $50 時薪呀！

我：診所呢…兩星期都可能未上手，到時你又走～咪即係嘥心機
同時間……

佢：阿姨！你而家咪嘥我時間囉！唔請早講嘛！

佢咁就走咗……

老闆仲走出嚟講：寶豬～阿姨～你請唔到人幫手呀？

老闆你想點死？ 👍 4,351

―――――― *comments* ――――――

> **SteFanie Mak**
> 佢咁樣已係唔正常，好在佢自己走，
> 唔係遲吓醫生實炳你 xD

> **Ken Wong**
> 我見過有人填要求待遇係「準時收工」，
> 婚姻狀況係「有男朋友」……

case	symptom	
#69	remark	春藥

一位年青男士到診所登記睇醫生，登記後佢唔去坐低，仍然企喺度。

隔咗一陣，一臉尷尬咁問我：姑娘，你哋呢度有冇啲特別藥賣？

我：例如乜藥？

佢：哎…特別啲嗰啲呢……

我：不如你一陣直接問醫生？

佢：我入咗去見醫生係咪要收診金？

我：係呀。

佢：冇藥畀都要畀錢？

我：見咗醫生就要畀診金呀。

佢越講越細聲：姑娘，咁你呢度有冇春藥賣？

我：……冇呀……

佢：你知唔知邊度有？

我：……唔知……

佢：咁有冇食完男人會興奮啲持久啲？

我：……冇……

佢更細聲講：我睇戲見有啲可以就咁滴同搽，會唔會冇咁傷身？

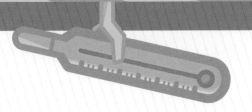

我：……不如你問醫生啦……

佢哄個頭埋嚟：姑娘，你唔使驚，我唔係變態！

你咁講完，我仲驚呀大佬，等如啲變態殺手話自己唔係變態、痴線佬話自己好正常、醉酒佬話自己冇飲醉一樣……

我：先生，我答你唔到，你有乜就問醫生啦！

佢：你答我診所有冇呢啲藥先啦？

我好大聲咁講：先生！頭先我咪講咗冇春藥配囉！你講幾多次春藥都冇呀！

佢嚇一嚇再擰轉頭望吓坐喺度嘅候診人士，個個都 O 晒嘴望住佢，嚇到佢急急腳衝出診所……

我再講多一次，診所冇春藥配呀，外敷定內服都冇呀，死心啦！

♡ 4,920

case	symptom	子宮頸癌疫苗
#70	remark	

有日我坐喺診所發吓呆，有個後生男仔喺診所門口望嚟望去，望咗好耐……

終於肯推門入嚟，佢低頭細聲講：小姐，請問你知唔知……

佢之後嗰啲說話近乎滅咗聲，我都聽唔到佢講乜……

我：你講乜呀？我聽唔到～

佢：呢個我想問……

頂你呀？Remote 喺邊呀？Volume up 呀！Up 呀！Up 呀！大聲啲！你想我讀唇都要畀我睇到你嗰片唇先得㗎先生，抬高你個頭啦～

我：先生？係咪睇醫生呀？我聽唔到你講乜呀～

佢含羞的慢慢抬頭：我想問係咪有子宮針打？

我：子宮頸癌疫苗呀？有呀。

佢：男仔係咪都可以打？

我：我哋診所用嘅呢一隻男女都可以接種……

佢：男仔打完係咪唔會有子宮癌？

我：男性係冇子宮…打針係可以減低 HPV 中招，你可以去咨詢吓

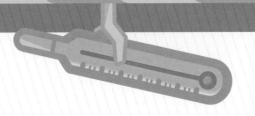

醫生先，了解咗先決定接唔接種～

佢：係咪要打入子宮度？

邊度有子宮？！又點打入子宮呀？你個子宮喺邊呀？

我：唔係打子宮…打手臂嘅……

佢：咁點落到去子宮度？

子你屎忽呀？你塞條魷魚入去當子宮呀？

我：你想了解更多不如去問醫生啦！

佢：我遲啲再嚟，個子宮又唔知接唔接受到……

點呀…究竟你係仔定女，你個子宮收埋咗喺邊呀？　♡ 9,880

case	symptom	照肺
#71	remark	

有日一朝早醫生未返，有個男人入嚟診所：我想照肺。

我：可以登記咗先，等醫生返嚟就寫紙轉介你去化驗所～

佢：而家冇得去呀？

我：醫生未返呀，要等佢返咗嚟先得～

佢：咁我晏啲返嚟呀。

我：冇問題～

之後佢就離開咗診所⋯⋯

隔咗幾分鐘，佢又回來：姑娘，我想一陣等醫生寫咗紙就即刻去
照肺，快啲拎份報告去寫入職檢查喫。

我：冇問題呀。

佢：咁我係咪唔可以食早餐住？

我：早餐？食得呀。

佢：我一陣去照肺，唔使空肚喫？

我：唔使空肚啊，你去食咗早餐先啦。

佢企喺度諗咗一陣，成個樣都充滿問號：姑娘，你肯定？

我：你淨係照 X - ray 嘛？唔使空肚去喫。

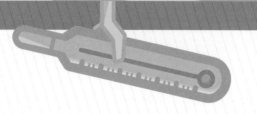

佢皺起眉，一臉認真問：咁照完張片咪睇到份早餐喺度囉？

我係咪要配合你？係咪要畀個好詫異嘅表情兼大嗌：嘩！好得意呀！照 X－ray 見到個菠蘿油喺度飛呀！

我：唔會㗎……照肺係睇唔到你份早餐食咗乜…而且消化食物嗰個係胃……

佢眉頭深深鎖：我都係等醫生返嚟先啦，你都唔知識唔識嘢嘅！

好啦，你餓吓先啦～ 👍 6,785

俾你發現咗喺～

case	symptom	
#72	remark	打麻雀

有日流感高峰期，成間診所都爆座，有位太太入嚟登記後，企咗喺登記處度眼望望，又伸個頭入嚟望吓我個枱面⋯⋯

我：太太，有乜幫到你呢？

佢細細聲講：你拎咗我張卡未？

我指一指排好晒位嘅排版：拎咗㗎喇～

佢又伸個頭入嚟，講真，次次有人伸個頭入嚟，我都幻想佢哋喺斷頭台上，一嘢「嚓」，爽！

佢：可唔可以放前幾個？

我：個個都排緊隊呀⋯⋯

佢：幾個啫，佢哋唔覺嘅，我唔舒服呀！

我：佢哋都係唔舒服先睇醫生㗎～

佢：有啲應該冇病嚟呃假紙啫！你同我插張卡前啲呀，我趕住去打麻雀呀！

好啦，既然你講到咁⋯⋯

我企起身望住候診嘅病人們：請問各位，呢度有冇人係冇唔舒服㗎？

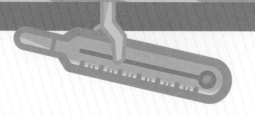

個個你眼望我眼，我再講：你哋有冇人係嚟呃呢病假紙㗎？有嘅話我知呀～

都係冇人應我……

我望住太太：太太，唔好意思，佢哋個個都唔舒服呀，你都係照排隊啦～

太太面都青埋，之後又好快面紅紅，明明綠燈轉眼變成紅燈：邊個叫你咁問㗎，正死蠢，你老闆請著你呢啲豬腦真係白出人工畀你！正死蠢！

我：太太，你排第十八個啊～

佢：邊有人咁蠢㗎！都講咗我趕時間，予人方便畀個快位我都唔得！嘥晒我啲時間！

你唔可以打少陣麻雀咩…？ ♡ 8,015

187

case	symptom	如何射得穿
#73	remark	

有次有位年約五十歲的女士到診所，登記時問：姑娘，你覺得我要唔要睇醫生？

我：睇啦，睇啦，有需要就睇啦⋯⋯

佢：你可唔可以睇吓我咁嘅情況使唔使睇醫生先呀？我唔想浪費醫生時間⋯⋯

我：咁你係嚟睇啲乜？

佢哄個頭埋嚟講：我好似俾人射穿咗⋯⋯

哪裡穿了？你唔好話我知你仲係處女，俾人射穿咗塊膜呀？老子甚麼鬼都不怕！我嚇大㗎！

我：邊度穿⋯⋯

佢：上面呀。

我望吓佢個頭：個頭穿咗？頭髮遮住咗？

佢：唔係呀，我個波呀！

點射穿呀？射擊力要幾大先爆波？

我：點會射穿呢⋯⋯

佢：我前日去照完肺，覺得左邊波細咗，唔知係咪啲 X 光射穿咗

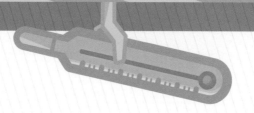

入面袋嘢……

我：X光唔會射穿任何嘢嘅…你可以放心～

佢：佢射穿我個身睇埋我入面，你有冇見過X光片㗎！骨都睇到㗎！我冇同醫生講我好多年前隆咗，而家可能就係射穿咗呀……

佢縮起肚腩，挺起心口，捉住我隻手拉去摸佢心口：你睇吓左邊同右邊係咪有分別呀？

我：冇分別，都係咁硬呀…你個胸圍…我唔識摸㗎～你一陣見醫生啦……

佢：真係要見呀？要唔要除？

我：你見咗醫生先…到時醫生會話你知點做～

佢：唔使除㗎可？

照多次 X－ray 好冇？射爆埋右邊咪冇煩惱囉…… 👍 3,171

———— comments ————

Etta Cheng
姑娘福利好好，連呢啲都有得摸 lol！

珍寶豬
我唔想摸的……

case	symptom	陪診
#74	remark	

有日診所坐爆人企爆人，我哋個個都忙到一頭煙。

嗌 A 小姐入去時，A 小姐行入醫生房，隔籬仲有個 B 先生一齊入去～

A 小姐坐喺醫生枱隔籬張櫈見醫生，而 B 先生就一直冇出聲齋坐喺診療床前張櫈…到 A 小姐睇完醫生行返出候診大堂，B 先生仍然逗留喺醫生房，仲坐埋去醫生枱隔籬～

B 先生：醫生，我呢度唔舒服呀。

醫生呆一呆：先生，小姐佢走咗喇，你可以出去登記先呀。

B 先生：我登記咗啦，我老婆同我登記咗，話係排嗰個小姐後面㗎，我呢度唔舒服呀～

醫生：……

嗰一刻，雖然醫生表面好平靜，但內心好就 Shocking……

A 小姐出到嚟好細聲問我：姑娘呀，入面個男人邊個嚟㗎？

我：男人？頭先跟你入房嗰個？唔係你識㗎咩？

A 小姐：我唔識佢㗎，全程佢都坐喺度唔出聲，我以為係你哋啲乜嘢調查人員…

我：你見有唔妥出聲嘛，我哋以為係陪你睇醫生啊～

A 小姐：我唔識佢㗎！我唔知係乜人咪唔好意思出聲囉…佢係咁眼甘甘望住我搞到我好唔自在呀！

自此，醫生每逢見到有其他人入醫生房時，都會問：請問你係佢邊位？ 👍 3,999

case	symptom	戀童豬
#75	remark	

有日一個媽媽同一個仔仔嚟到診所睇醫生～

我出去搵個小朋友講：小朋友，我同你磅重先呀～

媽媽：去啦，跟姐姐去啦～

小朋友扭計，唔肯去⋯⋯

媽媽：你要跟姐姐去磅重，姐姐先讚你叻先有糖食㗎～

我喺袋拎一包維他命糖出嚟：上一上個磅度睇吓幾重先呀～磅完畀糖你呀，叻仔嚟㗎嘛～

小朋友仍然唔肯⋯⋯

媽媽：去啦，快啲去啦，同姐姐去啦，你乖啲先有得同姐姐一齊㗎～姐姐先鍾意你～

媽媽？又關我事？

小朋友望一望拎住包維他命糖企喺度成碌粉葛嘅我⋯

面容開始有啲扭曲，繼而喊起上嚟講：嗚…嗚…我唔要同佢一齊呀，我唔鍾意姨姨呀…嗚……嗚…唔要呀……

我變得更似一碌葛了……

媽媽：你唔係話要娶姑娘姐姐咩？

小朋友：嗚…唔係佢呀…嗚…唔要佢呀…我唔鍾意佢呀……

媽媽：你再咁曳，姑娘打你大針針㗎喇！你睇吓姑娘嬲啦！

小朋友又再望一望我，我仍然拎住包維他命糖……

小朋友又喊多兩錢重：嗚…唔好呀…我唔要佢呀……

媽媽：姑娘話你曳，打你㗎啦！

小朋友：嗚呀呀嗚呀呀呀嗚呀呀……

我緩緩移動，入返去嗌同事幫手接力，我同事笑到癲咗咁，掉低「金魚婆」三粒字就走了……

我乜都冇講過，我又冇戀童癖，做乜入我數呀…？ 👍 4,448

case	symptom	
#76	remark	身分證明文件

有日一個新症嚟登記睇醫生，都廿幾歲女亭亭玉立㗎喇～我又好得閒兼好口痕，吽得耐，個口爭啲可以生有機菇咁……

我：麻煩小姐畀身分證我登記啊～

佢：身分證？點解要身分證呀？我睇醫生咋……

我：是咁的，因為要證明你身分，如果你要病假紙或者收據係要身分證明文件做登記。

佢：但係你咁樣係非法收集個人資料……

我：哦～非法㗎？真係㗎？點解嘅？咁請問小姐你要唔要病假紙或收據呢？如果唔要，我可以畀個編號你就睇得醫生㗎喇。

佢：我公司要，但係我唔要。

玩嘢呀？

我：咁你公司接唔接受病假紙上寫「No.777777 因乜乜病而需要病假一日」呀？

佢：我叫 XXX……

我：我叫宮雪花。

佢：你寫我個名上去咪得……

我：你寫你叫乜名啫，又冇證明～

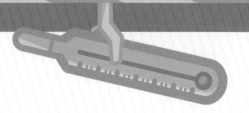

佢：咁一定要身分證證明㗎？

我：身分證、回鄉卡、BNO、 特區護照、各國 Passport 都得～有你相有你名就得啦

佢：八達通呢？

我：個人八達通，有相嘅都得！

佢拎張八達通畀我睇…普通成人八達通…仲玩呀？

我：小姐，點稱呼好？八達通定 Octopus ？定呢組 Number 係你終身編號？你公司老闆要記咁多 Number 好唔簡單呀！好叻呀！

佢終於肯拎身份證畀我：姑娘，你真係好煩吓！

我：哦？真係㗎？好多人都咁讚我……

彼此彼此啦！ 8,364

comments

Hon Lok Chan
醫療卡得嗎？

珍寶豬
用得醫療卡更加要畀身分證！

case	symptom	來自星星的婆婆
#77	remark	

下午 6 點 50 分診所電話響起～

我：你好，乜乜診所。

對方：你哋幾點閂門？

我：今晚 7 點 20 分前到就有得睇～

對方：即係得返半個鐘？

我：係呀。

對方：我啱啱先收工，返到嚟都 7 點 40 分，係咪趕唔切，冇醫生睇喇？

我：嗯…係呀。

對方：醫生喺唔喺度？你 Pass 畀佢聽呀！

我：醫生睇緊症，聽唔到電話，你有乜事搵醫生可以講低，我會轉述畀醫生知～

對方：我要投訴，投訴電話幾號？

我：我哋冇另外開條投訴電話線…或者你可以講低你要投訴嘅乜～

對方：投訴你囉！你搵醫生嚟聽！

我諗咗陣都諗唔明我邊個位講錯嘢：請問小姐想投訴啲乜……

對方：態度啦，處事能力啦！我同你講有乜用！Pass 畀醫生

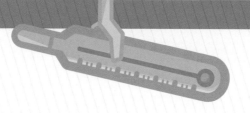

聽呀！

我：咁你可以直接嚟診所同醫生投訴，又可以寄投訴信到診所，而家醫生睇緊症，唔方便聽電話⋯⋯

對方：得返半個鐘，你要一個有病嘅人仆住嚟診所？你有冇諗到如果係個阿婆嚟睇，就係因為你一句得返半個鐘，令到佢趕住嚟睇而整親？你而家仲話唔畀投訴？你叫乜名？Staff number 幾多？你 Pass 畀醫生聽呀！我唔同你講！我要投訴你！

連一個未仆親嘅阿婆都出動埋？你先知嚟嘅？冬瓜唔睇咪睇西瓜囉？我醫生特別靚仔咩？醫生一係你返足 1 年 365 日、1 日 24 小時啦！

醫生，你 Feel 到有人好熱切需要你嗎？ 👍 4,714

― comments ―

Matthew Law
畀你父母電話我，我要投訴你無家教！

Naomi Mak
唉⋯睇完笑完之後又再悲過⋯⋯
點解香港人咁鍾意投訴？可唔可
以大家將就吓？又或者睇清楚件
事合唔合符邏輯，再決定投唔投訴
呢？

case #78	symptom	中途落波
	remark	

有日 10 點 40 分改發三號風……

我喺幾位親愛嘅客人關懷、問候下迎接開門～真係滾動到爭啲瀨……返到入診所後，又係聽留言嘅時候……

錄音：今日上午 1 時 36 分…打風會唔會唔開呀？

錄音：今日上午 6 時 20 分…今日會唔會照常開呀？

錄音：今日上午 8 時 02 分…開唔開工呀？

錄音：今日上午 9 時 40 分…我喺診所出面呀，有冇人開門畀我？

錄音：今日上午 9 時 43 分…天文台話就落波，我想請假呀，可唔可以寫幾個鐘假呀？

錄音：今日上午 10 時 16 分…診所仲未開呀？

錄音：今日上午 10 時 40 分…三號喇！幾點有醫生睇呀？

錄音：今日上午 10 時 46 分…喂！我喺門口喇！鎖咗門呀？我拉唔開對門呀！

錄音：今日上午 10 時 57 分…我尋日嚟睇過，補下畫假紙呀！

錄音：今日上午 11 時 11 分…仲未開？你又冇講幾點開，又冇人覆，要我喺度等到幾點呀？

錄音：今日上午 11 時 21 分…你哋應變措施做得好差，你哋咁做生意真係好唔得，又唔覆，又唔講，要啲客企喺門口，問保安又話唔知！有冇醫生睇都講聲啦！

錄音：今日上午 11 時 40 分…都成個鐘啦！仲未開？其他診所都開咗啦！

錄音：今日上午 11 時 47 分…咁早放食晏？黑媽媽喎？閂咗門呀？冇開工呀？

錄音：今日上午 11 時 49 分…你哋係咪喺入面呀？我見到你哋呀！仲唔開門？

唔係咁猛呀嘛？　👍 5,076

| case | symptom | 不 成 功 不 收 費 |
| #79 | remark | |

有日有個後生仔嚟睇醫生，腸胃炎，醫生開咗啲止痾同調理腸胃嘅藥畀佢，當然唔少得最重要嘅一日病假紙～

到第二日，佢又嚟：姑娘，我仲好唔舒服呀，可唔可以見多次醫生呀？

我：好呀，你坐低等等呀～

見完醫生後，開咗另一隻止痾畀佢，再另加一日病假紙～以為咁就完？

到第三日，佢又嚟：姑娘，我仲係痾呀，可唔可以見多次醫生呀？

我：吓，三日喇喎，食咗藥都仲痾呀？

佢：係呀，我想要埋今日假紙呀，痾到咁我返唔到工呀～

我：你坐低等等，一陣見醫生呀～

佢：哦……

見完醫生後，醫生話佢痾咗三日都止唔到瀉，叫佢直接去急症～其實醫生都知乜事啦，你真係當醫生傻豬豬 Kai BB 咩？你咁龍精虎猛，居然話痾到就死，痾足三日冇停過？個男仔出嚟後，企咗喺登記處度望住我……

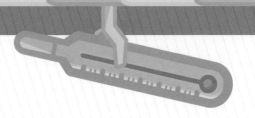

我：你可以走㗎喇，醫生叫你去急症嘛。

佢：你都未退返錢畀我？

我：退乜錢畀你啊？

佢：睇醫生嘅錢囉！

我：點解要畀返錢你？

佢：醫生叫我去急症嘛，佢醫唔到我，畀唔到假紙我，咁咪畀返錢我去第二度睇！

我：今日都冇收到你錢⋯

佢：我第一日畀咗錢㗎嘛！

而家興咁樣㗎？不成功不收費咁話喇喎？

我：咁你拎返嗰兩日嘅假紙嚟先呀～

佢：點解呀？

我：退錢嘛。

佢：假紙畀咗我嘅就係我㗎啦！

我：你唔拎返啲嘢返嚟，冇得退㗎～

佢：而家即係點呀？藥又食唔好！錢又唔畀返我！

201

我：你要退錢嘅就拎返嗰兩日假紙嚟先～

佢一路講一路走，行到出門口都仲聽到：痴線！點做姑娘！點做醫生㗎！醫唔好人仲要收錢，為嗰 $200 喺度拗！呢條友冇醫德㗎！我實上網唱衰你㗎！

嗨～我喺度～有乜歌想唱？　♡ 6,020

有日 Lunch 我唔多舒服外賣咗碗粥就返診所食，諗住匿埋食完就瞓陣，話晒有成兩個鐘落場時間嘛。

喺我食到碗粥一半嘅時候，不停聽到有人推撞診所門嘅聲，我喺 CCTV 度見到一個女仔不停推門⋯傻的嗎？鎖咗門就鎖咗門啦，點都唔會畀你 Chok chok 吓就開到啦。

正當我以為佢放棄之時，原來佢打嚟診所了，不停不停不停咁打⋯撞鬼你啦，你放棄啦，要開工嘅時候就開工啦，而家醫生又唔喺度。

叮叮叮叮叮叮叮叮叮叮叮叮叮叮叮叮叮～

佢好有恆心咁打咗廿幾次先肯收手，我都默默忍受。食完碗粥，準備瞓陣了。

瞓埋眼唔夠 5 分鐘，又聽到有人狂 Chok 隻門，隔咗一陣又停。

我再瞓、佢又 Chok，我又瞓、佢又 Chok，我再瞓、佢又 Chok，不停重複！我忍唔住啦！

我出咗去開門，同個女仔講：小姐，而家診所冇醫生喺度，未開

門，你 3 點 30 分先返嚟吖～

佢：未開門你喺度做乜？

我：我落場時間喺度休息。

佢：我要睇醫生，我入嚟等呀。

我：3 點 30 分先開門。

佢：咁你配返上次啲藥畀我呀，我等唔到 3 點 30 分呀。

我：藥要等醫生返嚟先可以配畀你。

佢：你平時都係咁配咋嘛。

我：要醫生睇咗先可以出藥嘅。

佢：醫生喺邊呀？嗌佢返嚟唔得咩？

我：醫生 3 點 30 分先返。

佢：佢喺邊呀？

我：佢唔喺診所啊，你 3 點 30 分至 8 點都可以嚟，或者聽朝先嚟都得。

佢：我想配藥啫！人哋藥房都冇落場時間啦！

我：咁或者你去藥房配先，又可以 3 點 30 分搵屋企人或朋友到診所拎藥，因為我哋出藥要由醫生 Check 咗先嘅～

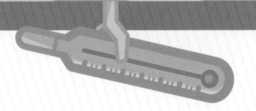

佢：妖！

講完之後，佢就走咗，我又鎖返門入返房瞓埋眼唞唞。

隔咗 20 分鐘，佢又回來 Chok chok chok⋯⋯我決定啪咗個電話掣，瞓埋眼慢慢享受嘭嘭聲下嘅小睡時間。 🤍 3,303

case	symptom	
#81	remark	感冒

一位女士登記睇醫生,睇完之後出到嚟企喺登記處度碎碎唸～初初我都冇留意佢講乜,但係佢越講越興起,越講越大聲,雙眼仲望住我⋯⋯

點解又係我?

佢:次次都話我感冒,次次都話我感冒,次次都話我感冒,次次都話我感冒,次次都話我感冒!邊有咁多感冒?

我:⋯⋯

佢:次次都話我感冒,咁多感冒㗎咩?

我:⋯⋯

佢:次次都話我感冒,我邊有咁易感冒呀?

我:⋯⋯

佢:次次都話我感冒,次次都畀返差唔多嘅藥我,咁我使乜睇醫生?我自己去配藥食都得啦!

我:⋯⋯

佢:次次都話我感冒,冇第二啲新花臣㗎?佢唔悶我都悶啦!

係囉,「次次都話我感冒」呢句對白你講咗好多次啦,你唔悶我都悶呀,轉吓對白得唔得呀?

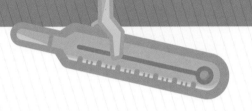

佢：次次都話我感冒，餐餐都係感冒，感冒！感冒！感冒！感冒！感冒！感冒！感冒！感冒！感冒！乜都係感冒！感冒！感冒！感冒！感冒！感冒！感冒！感冒！又感冒！感冒！感冒！感冒！感冒！成日都感冒！感冒！感冒！感冒！感冒！有咁多感冒咩！感冒！感冒！

你摔碟定跳掣呀？你冇事呀嘛？

我打破沉默：小姐，咁你覺得你今次係乜事而睇醫生呢？

佢可能冇預計到我會「偷聽」到佢嘅碎碎唸，一時之間畀唔切反應就咁呆咗一陣：吓……

……

……

……感冒囉！

嗯，好啦，小姐，你都係繼續摔碟啦，對唔住…係我錯…我唔應該打擾你。 👍 3,317

case	symptom	
#82	補領	
	remark	

診所電話響起，我：喂？乜乜診所～喂？喂？

十秒後，一把女聲終於回應：呢度…係咪…嗰度…嗰間乜嘢西醫呀？

我：乜乜診所。

佢：呀…係…嗰度乜醫生呀嘛。

我：請問有乜幫到你？

佢：我…跌咗個銀包，唔見咗個銀包，咁…就…入面啲卡呀身分證都唔見咗……

我：嗯…

佢：咁…我跌銀包嗰日呢就…嚟過睇醫生嘅……

我：嗯…

佢：我…我啲嘢唔見晒……

我：請問小姐想要返啲乜呢？補領假紙定收據？

佢：最好就…兩樣都有。

我：好呀冇問題，小姐麻煩畀身分證號碼我，我同你 Check 返係邊日嘅病假紙收據，補寫後小姐可以隨時喺應診時間內拎返。

佢：即係寫完擺喺診所？

我：係呀冇錯。

佢：可唔可以拎出嚟畀我？

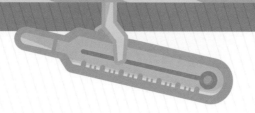

我：唔好意思小姐，要到診所拎呀。

佢：你唔可以拎出嚟？

我：唔得㗎～

佢：我哋約個中間位交收呢？

玩嘢呀？交乜收呀？網上拍賣場呀？

我：我哋唔出去交收嘅。

佢：你收工順便拎出嚟唔得㗎？

我：我收工就唔做公事㗎喇…老闆唔計 OT 畀我㗎～

佢：順便啫。

我：完全唔順……

佢：我可以揸車去你屋企附近拎。

我：小姐麻煩你喺應診時間內到診所拎，可以叫屋企人或親戚朋友代拎嘅，我收咗工就唔做公司嘢㗎喇。

佢：我咁陰公跌咗銀包你都唔體諒我？叫你做多少少就阿支阿左？你打工嘅乜態度？得啦！我唔求你啦！正一死八婆！嘟……

又有邊個可以體諒我呢？　♡ 6,440

case #83	symptom	舊電話號碼
	remark	

有日有個太太一入嚟就坐喺度,大大聲嗌住嚟登記～

太太:電話係 58968964。

講明先,呢個電話假嘅,唔好玩電話!

我輸入電話號碼搵資料,冇喎!

我:小姐,請問電話號碼係咪 58968964?呢個電話冇登記啊,會唔會登記咗屋企電話?或者你畀身分證號碼我 Check 吓?

太太:我屋企冇電話,係呢個㗎喇!

我:小姐,真係冇呀,不如畀身分證號碼我?

太太高八度咁講:點會冇嘢!我都用緊呢個電話!你哋係咪取消咗我嘅紀錄呀?

我:我哋唔會銷毀病歷嘅⋯不如畀個身分證號碼我～

太太:唔係銷咗,而家又點會搵唔到呀?即係又重新登記過呀?我有藥物敏感㗎!醫生知㗎!佢記得㗎!

其實醫生通常都唔會記得,佢都係睇排版先知,除非你好突出⋯普遍嚟講,突出又唔係好事⋯你明唔明呀?

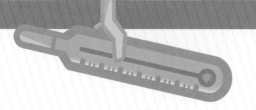

我：你會唔會登記嗰時用第二個電話號碼？

太太：我得呢個電話咋嘛，仲邊有第二個？要咁多做乜呀？

我：我意思係舊電話號碼…不如畀身分證我啦？

太太：呀！我前日改咗電話號碼啦！上台平啲呀嘛！

我：咁你舊嗰個幾多號？

太太：諗諗先…呀…58968964！

我：呢個係新嘅，不如畀身份證我啦～

太太：等我諗吓，呀…589，589……

咪再講 589 呀！呢個新㗎！再講掌嘴呀！

我：呢個新嘅……

太太：我知呀！你等等啦！我諗緊呀！

我：……

佢諗咗好耐，我都吽咗好耐……

太太：我記得啦！

真係㗎？你好叻呀！

211

我：係，係乜呢？

太太：67467412

呢個都係假的，唔好打去叫人屙尿！

我輸入 674 呢個電話，成功搵到佢排版了！

我：呢個啱喇～

太太：你哋唔知我改咗電話㗎？Keep 住我舊電話 Number 做乜呀？冇用㗎喇喎！

你唔講，我又點知呢⋯我又唔是變態佬暗戀你⋯⋯ 👍 6,398

幾十歲人仲咁多幻想！

好衰喋！
Keep 住我個
舊 Number～

有日有位叔叔嚟睇醫生，我就企喺醫生房度跟症～

醫生：今日有邊度唔舒服呀？

叔叔：我想做啲小手術。

醫生：邊種小手術？

叔叔：好簡單㗎咋。

醫生：簡單到點？你都要講畀我知係乜手術先。

叔叔冇出聲，動L咁彈咗起身，雙手解咗皮帶，繼而除褲，再連底褲都除埋…就係咁，佢下半身突然非常坦蕩蕩……

叔叔：我得唔得呀？

醫生：邊方面得唔得？

叔叔：我嗰度呀。

醫生：我唔清楚你個問題想問乜？

叔叔：男人睇男人，我碌嘢得唔得呀？

哚！撞鬼囉！叔叔我喺度㗎！你當我死㗎咩！呢度有女人㗎～

醫生：……

213

叔叔：你用你嘅專業幫幫我呀。

醫生：你著返好條褲先，坐低慢慢講。

叔叔一路講一路把玩住佢嘅小寶貝：你幫吓我啦，割兩刀好易好快啫，你醫生嚟，好熟手㗎。

醫生：你想割包皮呀？要搵專科醫生做㗎，我可以轉介你去，你著返好褲先呀。

叔叔越行越埋，雙手揸住醫生膊頭：割兩嘢啫，你而家幫我啦。

醫生望住嗰條近在咫尺嘅小寶貝，臉帶幾分驚恐徬徨：你…你…你…著返好條褲先，坐…坐…低慢慢講……

叔叔死唔放手，繼續用「揸膊龍爪功」：你有冇刀片呀？真係割兩嘢咋！好快！

我看在眼內，覺得成件事真係好痴線，究竟要幾趕時間，幾想快啲擺脫嗰塊皮，先會將自己命根交畀一個可能未曾割過包皮嘅醫生手上？

我…忍唔住了…放開個女仔！呀…唔係！放開我老闆！

我：醫生，係咪要刀片？

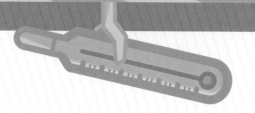

醫生碌大對眼望住我：唔…唔唔…係呀……

叔叔：要呀！

我：我哋平時好少用到刀呢樣嘢，所以放到有啲生銹，應該唔怕嘅？割完有菌係咪要截肢？醫生，係咪冇事㗎？

醫生腦筋急轉彎：所以咪要交畀啲專科醫生做囉！

Oh！Yes！叔叔塊面僵僵哋，應該明白保 J 要緊，截肢喎大佬？一心諗住割塊皮點知成支唔見咗，到時真係求有求必應黃大仙都耍手兼擰頭啦！

叔叔退後兩步，彎低身抽返條褲嚟著，好乖咁坐返低：醫生，轉介最快可以幾時做手術？

醫生：你過去了解咗先，之後嗰邊醫生會安排。

叔叔：唔該醫生多謝醫生。

叔叔好滿意咁離開診所，醫生就一額汗講：幾十歲人，要我都自己割咗先啦……

我冇意見，我乜都聽唔到…… 🤍 7,952

215

case	symptom	Ear Or Eye
#85	remark	

有日朝早，一個男人嚟睇醫生，睇完之後，醫生開咗眼藥水畀佢……到黃昏 6 點左右，個男人氣喘喘咁衝入嚟診所，好大力咁掉袋藥畀我……

佢：你自己睇呀！

我拎袋藥嚟睇，睇嚟睇去都睇唔到有乜問題，心諗：唔通我啲字寫得太樣衰，佢要挑剔我？

我：先生，請問有乜問題呢？
佢：你仲好意思問我？
我：……乜事呢？
佢：你擘大眼睇清楚啦！

我有聽話㗎！我真係有㗎！你望吓我對眼擘到幾大呀！

我：我都係睇唔到有乜問題……
佢：你真係有眼疾！擘大啲睇清楚啦你！

我天生眼細得罪你咩？

我：你話我知乜事啦～

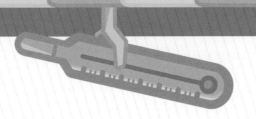

佢：你有冇搞錯？做錯乜都唔知㗎？

我：真係唔知……

我求你講我知啦～我求你講我知啦～我求你講我知啦～我求你講我知啦～我求你講我知啦～我求你講我知啦～等我早日得到解脫啦！

佢指住支眼藥水：你望吓呢支嘢！

我：係，有乜問題呢？

佢：呢支嘢滴耳㗎！你畀支滴耳嘅我去滴眼？你有冇睇清楚呀？

我：……你望唔望到係 Eye / Ear Drops？

佢：係囉！Ear 囉！耳呀嘛！你以為我唔識英文呀？

我：我唔係咁嘅意思…不過佢寫住 Eye / Ear…Eye 係眼，Ear 係耳…即係眼耳都可以用的……

佢：邊度有寫呀？！

我用筆圈起「Eye」：呢度啊先生，Eye，眼啊……

佢：離晒譜！眼就眼，耳就耳！乜嘢眼耳都用得呀？聽都未聽過！都九唔搭八！

講完呢句，佢就 9 秒 9 走咗…我原諒你有眼疾啊！　♡ 4,816

217

case	symptom	Woowoowoo
#86	remark	

有日我冇乜嘢做，坐喺登記位睇卡通，有幾個男女入到診所…男嘅清一色行路個款都係有問題嘅，即係嗰啲擘大晒手腳行路，春袋行先嗰款呢……

其中一個男 A 挨住登記枱問：假紙幾錢？

我：冇假紙賣嘅～

男 B 起哄：Wooowooowoooooooo，冇？

我：冇。

男 B：Wooowooowoooooooo，診所冇假紙？

我：唔賣假紙，犯法嘅。

男 B：Wooowooowoooooooo，佢話犯法喎！

男 A：Wooowooowoooooooo！

男 B：Wooowooowoooooooo！

男 A：Wooowooowoooooooo！

男 B：Wooowooowoooooooo！

我望住佢哋係咁 Wooowooowoooooooo，心諗你哋係咪痴咗蛋殼呀？Woo 乜鬼嘢呀…外星語言嚟？我聽唔明呀…

男 B：Wooowooowoooooooo！邊度有得買？

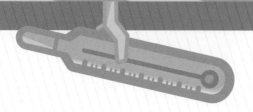

女 A：文具舖有冇呀？

男 A：Wooowooowooooooo 好醒呀！

女 B：呢度仲有文具舖咩？

女 A：唔覺有……

男 B：Wooowooowoooooooo，去邊買呀？

女 A：急症啦，上次阿杰都係話去急症買。

男 A：Wooowooowooo，而家殺過去啦！

男 B：Wooowooooooooooooowoooo，殺呀！

男 A 加男 B 一齊：Wowowowoooooooooo……

忽忽哋嘅！

睇怕呢兩位 Woowoo 男去到急症好大機會直入青山…我都係繼續
睇我嘅卡通啦…… 👍 5,475

comments
_____

> **Jesse Lau**
> [三眼仔 Mode] Woooooooooow ～假紙呀～～

> **Puiwah Chow**
> 睇住你篇野，腦補畫面嗰陣淨係諗起一
> 班土人……不停 Woowoowoowoo……

case	symptom	
#87	remark	肥豬王

有日一個新症妹妹由爸媽陪同到診所，凡係小朋友睇醫生，我哋都習慣咗要佢磅重先…就係咁，出事啦！我頂！

我：妹妹，上磅睇吓幾重先呀～

妹妹用不屑眼神望一望我，再低頭玩佢嘅 Candy Crush……

我：妹妹，見醫生前要磅重先㗎～過嚟啦～

妹妹：我唔磅呀！

媽媽：姑娘，可唔可以唔磅呀？

我：醫生要開藥，要睇返佢體重而定份量㗎～磅一磅啦！

媽媽：佢早兩年磅有 70 幾磅㗎。

…廿年前我都未夠 100 磅啦！

我：你都講係早兩年嘛～小朋友而家磅吓先啊……

妹妹：我唔磅呀！我唔磅呀！我唔磅呀！我唔睇醫生喇！

媽媽：阿女你唔好唔睇呀，最多媽媽磅咗先，你過嚟睇吓媽媽幾重呀～

妹妹：我唔磅呀！我唔睇呀！

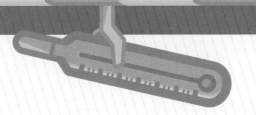

媽媽企上個磅度，不停揮手叫妹妹嚟：你過嚟睇吓媽媽幾磅先呀，媽媽重過你呀～你嚟睇吓～

妹妹當然繼續話之你：唔睇呀，唔磅呀！

媽媽頭幾秒用好無助嘅眼神望住我，後嗰廿幾秒開始掃視我嘅肉體…個眼神好似想打我主意……你唔好呀！我知你諗乜㗎！我唔睇呀！我唔磅呀！我唔要呀！我唔制呀！

媽媽：姑娘，你可唔可以……

我：唔要。

媽媽：你不如……

我：唔要呀！

媽媽：唔該你呀……

我：唔～要～呀…嗚……

媽媽：咁我個女係咪唔使磅呀？

我：唔…係……

媽媽：咁你係咪要氹佢上磅，應該要幫幫手呀～

我：……

媽媽：上一上磅啫！

我：……

媽媽：上啦，阻住醫生啲時間呀！

我：……

嘣！我一萬個不願意下上磅了……

媽媽：嘩！阿女你望吓姑娘幾重！重你好多喎！你過嚟睇吓幾多磅呀？嘩！

妹妹立即飛撲過嚟睇我呢隻野生大豬有幾重：159 磅呀！姨姨重過我好多呀！我都係 128 磅咋！

圓圈交叉你個正方形呀！人仔細細 128 磅仲要大大聲講我幾多磅，你哋有冇道德㗎？我唔同你哋玩呀！　🖤 1,765

有日我負責企醫生房跟症……

一位舊症大媽戴住口罩入到醫生房，我感到好安慰，因為佢係今日幾十個病人之中，唯一一個有戴口罩入嚟嘅，病人肯戴口罩絕對係有公德心嘅表現呀！當我喺度自我安慰嘅時候…大媽除咗口罩……

或者…我明白了，我知點解佢要戴口罩了…因為佢塊面生滿晒瘡瘡……

大媽：醫生，你要幫吓我呀。

醫生：你塊面幾時開始係咁㗎？

大媽：六年前啦！

醫生：咁耐都係咁？點解而家先嚟睇？

大媽：啲朋友勸我睇醫生㗎，你開啲避孕丸畀我呀。

醫生：乜嘢避孕丸？

大媽：朋友話避孕丸可以醫暗瘡，我又唔敢喺萬寧買，怕周街買到嘅唔好，醫生你專業㗎嘛，梗係搵你買啦！

醫生：避孕丸呢…一般都唔建議你呢個年齡食嘅……

大媽碌大對眼：乜意思呀你！

223

醫生：嗯⋯嗯⋯嗯⋯四十五歲後就唔建議食避孕丸，而且⋯⋯

大媽都等唔切聽埋醫生講乜，就立即孫悟空上身，一腳踩上椅度，爭碌金剛扑扑棍就 Perfect match！

佢再怒吼：你乜意思呀？話我老呀？

醫生：唔⋯唔⋯唔⋯係呀⋯⋯

哦！醫生你漏口！我淨係聽到「係呀」，聽唔到個「唔」字呀！

哦！醫生你大劑啦！女人三大死穴：一、年齡，二、體重，三、你嫁咗未？你中咗第一位，今鋪食便便啦你！花生呢？我包花生呢？

大媽使出咆哮功：你話我老呀？

醫生：唔⋯唔⋯係呀，只係⋯⋯

大媽：咁乜嘢四十五歲以上呀！我五十幾歲唔食得呀？歧視我呀？

醫生：唔⋯唔⋯係呀，只係⋯⋯

大媽又咆哮：乜呀！家陣五十幾歲唔可以避孕呀？！

醫生：唔⋯唔⋯唔係呀，只係⋯⋯

醫生你不如等大媽咆哮完先再出聲啦，你唔嚟唔去都俾人打斷晒

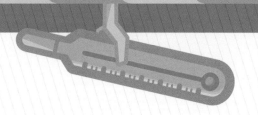

你嘅對白，不如同我 Share 包花生先啦，畀兩粒你喇～

大媽：係咪我年紀大就唔食得呀？係咪食藥都要歧視我呀？我去萬寧買唔通查我身分證喇喎！我去馬會都仲有人查我身分證㗎！

Stop！我有冇聽錯？馬會喎？馬會喎？馬會喎？馬會喎？唔飛機欖係嘛？講叉燒包笑咩？

醫生：唔係咁嘅意思⋯因為你曾經中過風又有血壓高問題，就唔好食避孕丸啦。

大媽：條命我嘅，我知乜嘢食得乜嘢唔食得！你淨係醫我啲暗瘡就得啦！

醫生：我開啲藥膏畀你搽咗先，遲啲睇吓有冇好轉啦！

大媽拍枱：我講咗我要避孕丸，你開唔到畀我就算！我去萬寧買都唔求你！

講完呢句，孫大媽就踏住七色雲走了。　♡ 9,247

case	symptom	可愛婆婆
#89	remark	

有日有六個人拉大隊一齊到診所……

當中有位睇樣似係 80 歲以上嘅婆婆，俾一男一女扶住入嚟～

其中一位女士同我講：你同我登記呀，佢（婆婆）睇呀！

我：好啊，身分證登記呀～

女士攤大手板問婆婆：身分證呢？

婆婆眼仔碌一碌，手摸肚肚：哎呀，喺邊個度呀？

女士對眼反一反：喺邊個度呀？

婆婆身邊嗰一男一女喺度撳婆婆啲衫袋褲袋：唔記得喺邊個度呀？

女士同我講：你照登記呀！我有佢身分證 Number 喋！我寫俾你呀。

我望一望婆婆，見佢個樣好似怪怪哋：小姐，或者你唔好介意我問，你哋咁多人陪婆婆嚟，佢好唔舒服呀？

女士：佢冇病呀！我嚟同佢寫張精神正常紙，證明佢頭先份新遺囑係精神正常情況下寫！

我：呢啲唔係我哋普通家庭醫生做嘅，你要搵精神科醫生做喋……

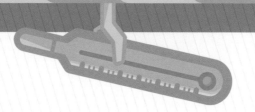

女士：律師話搵個註冊醫生就得㗎喇！

我：我哋醫生唔寫嘅。

女士：咁你哋而家拒睇呀？你等陣！我打畀律師！

我唔知佢係咪真係打畀律師，佢好激動咁對住電話講：而家佢話拒睇呀！唔係佢睇呀！係拒絕睇呀！係拒絕睇呀！乜呀而家！拒睇咁點呀？

之後佢遞部電話畀我：聽電話呀！

我：喂？

對方：你好小姐，請問你地點解拒絕？

我：因為…我哋唔係精神科醫生，係睇傷風感冒咳多嘅家庭醫生……而且婆婆仲要冇身分證……

位女士聽到我咁講後喺度大嗌：我係佢個女呀！唔通我呃你？

我：小姐，你冷靜啲先…我冇話你呃我…只係任何法律上嘅嘢，步驟上跟足啲好…

電話對方：家庭醫生？點解佢去咗家庭醫生度？咁你畀返佢聽，我同佢解釋多一次…

婆婆一路口噏噏：我冇你呢個女呀，我唔識你㗎，我個女好乖好乖……

我畀返電話位女士，佢一直都好激動咁鬧爆個律師之餘，都 Keep 住炳我唔 Helpful 唔 Make sense，我都廢事理佢～就坐喺度望吓婆婆口噏噏……

婆婆向我單眼了～呀？

婆婆，你真狡猾真可愛…… 👍 6,316

———— comments ————

Angus Lau
診所……可能係世界上最多怪人出現嘅地方……

GoN ZoO
寶豬，我覺得醫生請咗你真好，篩選晒啲騎呢怪先畀醫生，哈哈哈哈哈哈！

Poon Yi Shan
其實見到呢啲事都幾心酸……

case	symptom	未出發先興奮
#90	remark	

有日準備截症前一分鐘，有兩個各自拖住個廿幾吋大篋嘅情侶衝入診所。

男：嘎嘎嘎嘎，未收工嘛？

我：而家登記都仲有得睇。

女：兩個！而家即睇！

我：麻煩兩位身分證明文件登記。

佢哋立即畀身分證，我就入資料登記……

喺我登記時，佢哋可能一時之間掩飾唔到內心嘅興奮，傾傾吓計不知不覺越講越大聲……

女：都話咁樣 Work 啦！

男：趕得切就係，爭啲冇得睇呀！

女：呢間唔得咪另一間囉！實有診所喝！

男：呢頭最夜收得返呢間咋！

女：Hey ～而家登記咗啦，冇問題啦！一陣你就扮肚痛肚痾，我就扮感冒，記得係要聽日同後日假紙呀，咁又慳返兩日年假！

男：肚痾 Check 唔 Check 到㗎？

女：邊 Check 到呀，睇你屎眼有冇爛屎漬咩！

男：哦⋯

女：嘻嘻，睇完入到機場仲可以入 Lounge 食多兩轉，有冇膠袋呀？袋兩個包上機好喎！

男：過到去韓國先食啦！

女：四個鐘機呀，我諗住上機煲劇搵啲嘢咬咋。

男：好啦。

我登記後，通知醫生有兩個新症��⋯⋯

可能醫生都聽到乜事，就問我：出面嗰兩個睇乜？

我：聽聞一個肚痛一個感冒，兩個都係要聽日同後日病假紙。

醫生：哦⋯⋯

醫生個「哦」字好似哦得好狡猾呀！

醫生：嗌個男嘅入嚟先啦。

我：好的。

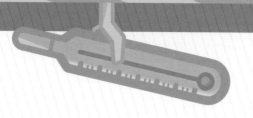

男的入去後，我又偷聽了……

醫生：有乜唔舒服呢？

男：肚痛肚痾。

醫生：幾時開始？

男：啱啱。

醫生：痾咗幾多次？

男：十幾次啦……

醫生：啱啱痾就痾咗十幾次？

男：係呀，好痛呀醫生，我想拎聽日後日假紙休息呀……

醫生：你直接去醫院啦，你急症嚟呀，痾到咁我懷疑你唔係普通腸胃炎。

男：咁我有冇聽日後日假紙？

醫生：入到醫院就有假紙啦。

男：我唔入得醫院呀，我晏啲凌晨機去韓國呀！

醫生：我開唔到病假畀你哋啦，好啦，你可以走啦。

男嘅立即彈起身，開門伸個頭出去同女朋友講：醫生唔開假紙畀我哋，叫我哋走呀咁點呀？

女：吓？玩嘢呀？

女嘅入埋醫生房同醫生理論：我哋感冒肚痾唔可以有假紙咩？

醫生：頭先呢位先生話晏啲飛去韓國，識得拎假紙去旅行，不如去韓國順便睇埋醫生，公司問到都可以話你哋出境求醫呀，你哋可以走啦。

女望住男：你做乜咁死蠢講畀醫生知你去旅行呀？吓？

男：我⋯⋯

我乜鬼呀，睇吓請唔請得切年假好過啦，如果唔係曠工仲大鑊呀！

💗 7,448

有一晚一對情侶嚟到診所，女嘅登記，用醫療卡的……

等呀等，等呀等，等呀等，等呀等……嗌到個女仔名了，佢哋情侶檔咁一齊入去見醫生～直覺上！我覺得佢哋有景轟！所以我又去咗偷聽！

醫生：今日有乜唔舒服呀？

男：有鼻水同咳。

醫生：咳咗幾耐？

男：兩三日啦……

醫生：鼻水呢？

男：一個星期左右啦……

醫生：聽聽背脊呀，呼氣…吸氣……哦！都係啲感冒啦，開返啲藥畀你呀！有冇藥物敏感？以前有冇大病，做手術？

男：冇呀。

醫生：要唔要休息？

女：要今日聽日病假紙！

醫生：咁返屋企好好休息，出去等拎藥啦～

男：唔該醫生～拜拜。

成件事聽落去好似冇乜嘢，最多都只可以話係個女仔「可能」病到唔想講嘢，由個男嘅代答……但我呢啲更年期疑心重嘅，梗係唔會就咁 Close file！

我伸個頭入去問醫生：頭先俾你聽背脊嘅係男定女呀？

醫生：男囉，做乜呀？

嗱！我好醒呢？擺個 Pose 先！我係咪好有偵探頭腦呢？ Oh yeah！

我：登記嗰個係女，醫療卡都係個女仔嘅……

醫生：即係點？

我：即係個女仔呃公司……

醫生：咁都得？！

我：嗯……

醫生：咁而家點呀？

我：叫佢哋返入嚟打 Pat pat！狠狠咁打！打多兩吓入我數！

醫生：你玩少陣啦，成日咁玩，唔健康……

我：哦……咁醫生你想點？

醫生：你去問吓佢哋想點啦！

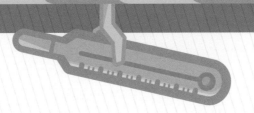

我行返出去望住嗰 Pair 以為自己已經成功得逞嘅傻豬豬，諗咗好耐都諗唔到講乜開場白有台型啲…嗯……「你哋想點呀？」、「玩嘢呀？」、「搞乜飛機呀？」…

「你哋係咪當我 Kai 㗎？」咦？有聲嘅？佢哋望住我嘅？……我講咗出聲呀？好似係…真係好 Kai……

男：吓？

我：吓？呀…你哋頭先邊個睇醫生嘅？

男：我囉。

我：咁假紙寫你名？你做乜用女嘅身分證登記？

女：假紙要寫我名㗎！

我：你都冇病，做乜要假紙？

女：我要假紙，佢要藥呀。

痴得咁均勻都真係世間少有啦……

我：邊可以咁㗎？你仲用埋醫療卡咁做？你張卡公司㗎嘛，公司畀你咁用㗎？

女：佢係我男朋友，公司話親屬可以用㗎。

我：親屬唔包男朋友嘅，或者你自己問公司，叫你公司整多張卡

畀你男朋友啦⋯⋯

女：咁煩㗎！唉，我淨係要張假紙啦。

我：你都冇病，要乜假紙呢？

女：喂！藥又唔畀，假紙又唔畀！你耍我哋呀？

我：我打去你公司講返呢件事先係真正嘅玩嘢～你間公司都好出名㗎～

女：⋯⋯

我：不過我一陣打去 Card Centre 都要講返個理由，點解要 Waive 咗張 Voucher⋯⋯

女：⋯⋯

男嘅拉住個女走：走啦，唔好搞大件事啦！走啦走啦！

呢刻，我都覺得自己好乞人憎⋯醫生話得我啱，我真係唔健康了～

♡ 6,058

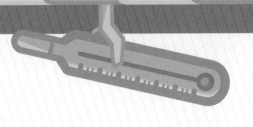

我咁醒
有冇花紅分？

你趕客……

case	symptom
#92	沉睡巨龍
	remark *大家姐系列

有日醫生未返，有個男仔嚟到診所登記。

佢：姑娘，登記呀～

我：好呀，你要坐低等等呀，醫生未返，或者你可以 15 分鐘後返嚟～

佢：我坐喺度等呀！

我：好呀

說好的坐喺度等呢？你做乜事企喺度望住我呢？你咁係坐咗㗎嗱？

我：先生…登記完㗎喇，你可以坐喺櫈度先呀，坐喺嗰度等呀～

佢：好呀！

佢仍然企咗喺度望住我，望到我覺得唔好意思…搞到我要避走入藥房，我入咗藥房冇耐……

佢：姑娘，你入去做乜呀？

我喺藥房嗌出去：執藥呀，乜事呀？

佢：你出返嚟先吖！醫生未返到冇得睇，都畀個姑娘我睇吓呀！

睇吓就會好喫？咁神奇嘅～

佢：你唔好匿喺入面啦，我有嘢問你呀姑娘！

請等等……除咗恭喜，我都唔知講乜好喇，因為你喚醒了沉睡中嘅巨龍喇！呀，唔係，係大家姐……改口先，重頭嚟過呀！你喚醒咗朝早未瞓醒，返到診所補眠嘅大家姐了！開花生！喂！唔好靜雞雞岔隻手埋嚟偷花生呀！

大家姐抹一抹塊面，眼神空洞沉默而不語咁行咗出去，成尊佛咁坐咗喺登記處度……

過咗幾秒～個男仔好緩慢咁退後幾步，再轉身搵個靚位坐低咗～咁咪乖囉！

隔咗陣，大家姐仍然未瞓醒咁返入藥房問我：頭先唔係有人話要睇姑娘咩？
我：冇，冇，冇，冇～～冇啲咁嘅事！

你都係繼續補眠啦～咁就完咗～好衰喫，我包花生開咗，等住食喫嘛！ 🗨 2,138

239

*大家姐系列

有日有位中年太太到診所睇醫生，唔知點解…佢好似睇中咗我咁…睇完醫生等拎藥時，佢不停撩我講嘢……

太太：阿女呀，你面相幾好喎，有福氣呀，嫁咗未呀？應該有個幾好嘅老公喎，衣食無憂呀！

我其實好想俾佢指點吓迷津，不過大家姐喺度……

我只可以講：係呀？係呀？好呀多謝你！

太太：咁你嫁咗啦？仲做嘢嘅？

我　：未嫁所以做嘢……

太太：吓！唔係啩！你幾歲呀？仲未嫁？

忽咗呀你？咁大聲嚇死我咩？我廿幾歲未嫁好出奇呀？你望吓大家姐先啦！噢，你唔使望喇，大家姐出咗嚟喇！今鋪你杏仁加鮮橙啦！我走先！Bye！

大家姐：阿太，我個相點呀？

太太望兩望：你麻麻啦……

大家姐：乜話？我老公係畢彼特都麻麻？

太太：……

大家姐：醒多我兩嘢吖生神仙，咁鍾意周圍同人睇相，唔好浪費你一身好本領吖嘛，嚟啦！醒多我兩嘢啦！

太太：你應該好遲先嫁㗎喎…你幾歲呀？

大家姐：乜意思呀？！

太太：都有可能嫁唔出……

大家姐：你講乜呀？！

我　：太太太太太太太太太，攞藥喇！返屋企準時食藥呀……

大家姐呆咗，望住太太走後……

大家姐：佢係咪即係話我晚晚強姦畢彼特？畢彼特唔係自願嘅？

妹妹仔：哈哈哈哈哈哈哈哈哈哈哈哈哈哈哈哈哈哈哈哈哈哈！

大家姐：寶豬，你講真話呀～

我　：大家姐，不如你都睇睇醫生呀……

妹妹仔：哈哈哈哈哈哈哈哈哈哈哈哈哈哈哈哈哈哈哈哈哈！

老闆！我頂唔順啦！呢度裡裡外外都癲㗎！👍 4,360

241

case	*symptom*	
#94	*remark*	情人節
		*大家姐系列

情人節？聽講凡係有幾個女人存在嘅公司，喺嗰一日都會充滿好奇怪嘅氣氛…我診所有邊幾個女人？數到盡係有五個：大家姐，妹妹仔，老闆娘，清潔嬸嬸同我……

嗰日一朝早，有個幾俊俏嘅男仔拎住楺康乃馨配滿天星行入診所。唔好問我點解唔係玫瑰，我蛋知呀？

大家姐喺 CCTV 度見到已經發晒茅：我㗎我㗎送畀我㗎！

我看在眼內，向來把口快過個腦，不自覺講咗：你死咗條心啦，我都冇，你會有？

大家姐：我 X 你 XX 呀！

Sorry，my dear mother，係我累咗你……

個男仔行到嚟登記位，搵妹妹仔：老婆豬，情人節快樂呀！
妹妹仔：老公豬多謝你呀！

好曬呀！好曬呀！曬之餘，我仲 Feel 到我背後好熱，有股雄雄烈火咁，熱之餘又帶有幾絲寒意，你明唔明我講乜呀？簡單啲講，即係好很恐怖啦！

大家姐：喂！你兩個豬撚夠未呀？要扑嘢都今晚先啦！公司嚟㗎！豬你XX！

我　：你冷靜啲啦，後生係咁㗎啦！

我講完先知舐咗嘢……

大家姐：X你呀？乜嘢後生呀？串X我老呀？你就老！X你XX！

唏，唔好咁啦，唔青春就唔青春㗎啦，你仲想啲肌膚好似妹妹仔咁彈吓彈吓呀？你條神經就有得動L動L～我哋幾十歲人面對現實接受自己嘛，成日咁躁，老得仲快呀！愛自己就是最好的保養品（頭盔已笠）……

妹妹仔：嘻嘻，好開心呀，估唔到豬豬親自送花畀我～

大家姐：挑！好巴閉咩？我夠有啦！

你老竇送呀？

大家姐：未送嚟咋嘛！

我同妹妹仔互相交換咗一個眼神，冇再出聲…就係咁，過咗一個

平安得嚟又有啲唔平安嘅早上～

Lunch time 過後，醫生捧住一大紮玫瑰返嚟，我：醫生咁浪漫呀，咁大紮送畀老闆娘～

妹妹仔：好靚呀！

大家姐：挑！

醫生：……

直到 4 點 30 分，有個姨姨行入嚟診所拎住一小束嘅花大嗌：XXX（大家姐全名），收嘢呀！

我一聽到「收嘢呀」就噗一聲笑咗出嚟，大家姐抱住興奮嘅心情彈住去簽收～

之後佢拎住嗰紮連半邊波波都遮唔到嘅花喺我面前揚嚟揚去揚嚟揚去揚嚟揚去揚嚟揚去揚嚟揚去揚嚟揚去：寶豬，我都有花收，你冇呀？慘囉！

妖嗱媽！你再揚嚟揚去，我就辣手摧花再轉身射個三分波喋啦！點解你有花收喋？我內心真係有一百萬個問號，感到非常Unbelievable……

但又要扮鎮定：唔好咁啦，你有著落，其實我感到好安慰㗎……

大家姐：呵呵，你冇花收真係好陰公囉！

邊個蛋散發明情人節㗎？搞到啲女人內分泌失調鬼上身咁，做乜啫？ 👍 2,958

有乜留返拜山先講！

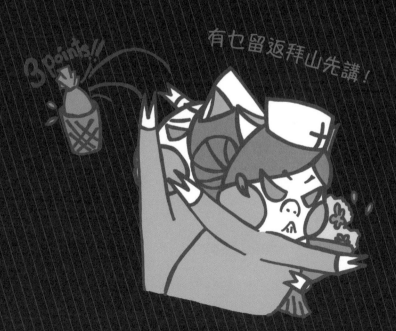

245

#95-100

診所低能奇觀2
FUNNY + CLINIC

case	symptom	新同事	
#95	remark		*中伏系列一

正所謂娶妻求淑女，請人求醒扒，何謂醒扒？一講即做，唔係踢兩腳先郁 1mm…話頭醒尾，做嘢妥妥當當……

但請人嗰陣，就算你見佢個樣正正常常…喺嗰短短幾分鐘 Interview…可以點先知佢真正常定扮正常？我唔知！更何況唔係我請人嘅～

不過我認為豬標呢啲嘢通常收得好埋身嘅，In 嗰陣對答正常…到正式返工嗰陣…恭喜你！你中伏了！如果可以，我希望我哋從來冇相遇……

想當年，我做嗰間診所上至醫生，下至助護都係打工嘅，真正嘅老闆係唔見人嘅…當時我都係做咗冇耐，同事都換咗兩 Round，醫生都換埋……可能冇歸屬感啦，又或者個個搵到份更好嘅～

好多時都得我孤伶伶一個人做嘢……播緊「香港早晨」時開工，播緊「酒店風雲」就收工…一個人嚟一個人去～我都想有返個同事……醫生嫌我低能唔同層次冇計傾，口都臭了……My dear 同事，Where are you？

可能上天聽到我日日怨婦咁祈禱，終於有反應啦！

有日，一個披頭散髮嘅女仔上氣唔接下氣咁衝入診所……

佢配合三十度鞠躬，喘晒氣咁講：嘎嘎嘎嘎嘎，姑娘，早晨…

我都跟住鞠：早晨。

佢：嘎嘎嘎嘎，我嚟返工㗎！

Oh！My dear 同事呀！歡迎你呀！咪住先？就播「午間新聞」喇
喎？咁晏先返嘅…公司又冇通知有新人返工嘅？

我：你等等呀，我要打上公司問吓先……

佢：嘎嘎嘎，哦。

我打電話到公司：喂？劉小姐呀？我係乜乜區嘅寶豬呀，我想問
係咪今日有新人返工呀？

劉小姐：等等……

一等，我就聽咗 10 分鐘藍色多瑙河……瞓著埋…

…

…

…

劉小姐：喂？喂？

我瞓醒了：啊！係，劉小姐！

劉小姐：你打嚟問乜話？

我嗰 10 分鐘…原來係白等了：我……想問今日係咪有新人返工？

劉小姐：你邊間舖㗎？

我：乜乜嘅。

劉小姐：等等……

又多瑙河，聽到我好懊惱…聽聽吓仲 Cut 埋我線！嘟！還我多瑙河！

我再打上去，已經冇人聽…望一望個鐘，原來 Lunch time 了～劉小姐應該好肚餓，Me too！

我望住疑似新同事講：Office 嗰度 Lunch time，我都 Lunch time，不如你都食埋個 Lunch 先返嚟啦！

佢：哦，咁即係幾點呀？

我：2 點 30 分左右呀，我喺度㗎啦！

佢：哦…

到 2 點 15 分，我成功衝破多瑙河咒，打上 Office 並同劉小姐確認新同事身分…

「嗨，我係你嘅同事，我叫寶豬呀！」，我諗住一到 2 點 30 分，就咁樣同新同事自我介紹⋯一等，我又等到變望屎石⋯呆吓呆吓喺度睇「放學 ICU」⋯⋯

又一次披頭散髮，又一次衝入診所⋯又嘎嘎嘎嘎嘎嘎⋯⋯

我：嗨，我係你嘅同事，我叫寶豬！

佢：嘎嘎嘎⋯⋯我叫 Pinky，嘎嘎嘎⋯⋯

嗯⋯我有新同事了，但係我有不祥嘅預感⋯⋯ 👍 2,043

―――― comments ――――

Yvonne Tse
睇到多瑙河嗰度覺得有聲⋯⋯

Chung Hang Leung
一個識得見工時扮正常嘅人已經幾醒扒！

ERROR!

case	symptom	
#96	remark	雕 花
		*中伏系列二

我望住披頭散髮嘅 Pinky：頭先咪叫你兩點幾返嚟嘅？你去邊嚟呀？

佢：嘎嘎嘎…我住對面…所以…遲咗啲～

啲啲啲啲啲啲啲啲？「放學 ICU」武功蓋世蓋世實都就快收工返去練功啦！你咁都叫遲咗啲？

我：下次唔好啦，呢度返工要打咭，要準時㗎，如果唔係會俾公司扣勤工……

佢：哦……

我：咁你今日淨係坐喺度做吓登記，搵吓排版咁啦，得唔得？

佢：哦……

佢踏入公司後……完全係挑戰人體極限！唔係話佢耍雜耍表演一字馬，而係挑戰我！挑戰我！挑戰我！挑戰我！我挑你呀！挑！

伏一！

一開工，佢就被安排坐喺登記位。我示範咗個流程畀佢睇，佢都默默默默密密密密點頭表示明白。登記呢啲嘢其實都好簡單，都只係寫吓資料，搵吓排版，將啲排版排好隊咁畀醫生啫～係咪好簡單先？

一位病人入到診所：我睇醫生呀姑娘。

佢：嗯。

病人聽完嗰「嗯」字後呆了：……咁要畀啲乜你呀姑娘？我未睇過㗎！

佢：吓？我唔知呀，我問吓先……

佢走入藥房問我：呀邊個，有個未睇過嘅人嚟，話要睇醫生呀，點好呀？睇唔睇得呀？我好驚呀……

我：登…記…囉……開…新…排…版…囉……

佢：吓，點算呀，我唔識呀……

我：你係唔識寫字定乜呀？

佢：新排版點整㗎？

我：你拎身分證照住資料抄就得㗎啦！

佢：哦……

隔咗 15 分鐘，醫生行出嚟問：係咪有症呀？排版呢？

我：吓？Pinky 仲未畀你咩？

醫生：未……

ERROR!

253

我行去登記處睇吓 Pinky 搞乜鬼，一望見到佢專心咁寫排版⋯我行埋啲望吓佢寫乜寫到雕花咁耐⋯

你老味！傻撚咗呀？

我叫你寫身分證上面啲資料咋嘛！

你做乜春嘢呀？你嫌命長呀？你世界級㗎喇？你做乜呀？！

夠膽死真係抄晒成張身分證，仲要畫埋人哋個頭像出嚟？雕個頭像出嚟做乜呀！你咁好心機你去讀美術啦！

我暈得一陣陣：Pinky，你搞乜⋯⋯

佢：抄身分證嘛⋯⋯

我：排版上面咪有一行行叫你寫乜資料上去，中英文名，出生日期，電話同地址咋嘛！

佢：咁下面呢度咁大個空白位做乜？

我：冇用的⋯⋯

佢：吓？我以為要成張身分證⋯咁嗰度咪好空囉⋯⋯

呀！呀！呀！呀！呀！呀！ 呀！呀！呀！呀！呀！呀！ 呀！呀！
呀！呀！呀！呀！ 呀！呀！呀！呀！呀！ 呀！呀！呀！呀！
呀！呀！ 呀！呀！呀！呀！呀！ 呀！呀！呀！呀！呀！呀！

真係去報美術班啦你！ 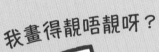 7,747

我畫得靚唔靚呀？

你個腦裝屎㗎？

ERROR!

case	symptom	攝 排 版
#97	remark	

* 中伏系列三

自從雕花身分證嘅出現，我都已經嘔咗幾十兩血，血都未趕得切補，又俾佢再拉出去再嘔過…媽呀，慘過姨媽到流月經呀！

伏二！

見佢寫個排版都好似唔多妥當…我就麻煩佢去將啲用完嘅排版跟返 Number 放好……

我：Pinky，你去攝返啲排版上架啦，跟 Number 攝好易啫，冇問題呀嘛？

佢：嗯嗯嗯……

咁我就冇理佢，照做自己嘢～做呀做，做呀做～突然！

佢好大聲：呀！

我立即去睇乜事：做乜呀？

佢攬住堆排版：我想問呢…呢啲係咪要放上去呀？

頭先我講嘢你嗯嗯嗯，唔係代表你知道㗎咩？你嗯嗯嗯代表你 Loading 呀？你嗯嗯嗯代表你拒絕接收任何訊號呀？你條天線去

咗邊？

我：唔放上去，可以放喺邊？

佢：Ummmmm……枱面？

有冇好心人接力？畀我死咗去啦！

我：我頭先咪叫你跟 Number 放返上去…

佢：Number？乜嘢 Number 呀？

我：每個排版上都有 Number，你呢個 6726，就放喺 6725 隔籬…明唔明？

佢：咁我點睇佢係乜 Number？

唔該！畀個炸彈我！我自己啪個炸彈落肚！

我篤住個排版：呢度！呢度咪有數字，你望唔望到？

佢：望到，你當我白痴咩，我係問點睇架上面嗰啲係乜 Number 呀？

我：架上面咪有 Label 貼住「6101 − 6600」……

佢：咁 6601 就要放第二度呀？

我：係……

佢：即係邊度呀？下面呀？

我：「6601 − 7100」嗰個架……

佢：哦！即係 6754 就放喺「6601 − 7100」中間呀嘛？

我：係呀…順 Number 放咪得囉！

佢：你一早咁講咪易明好多囉！

我：對唔住，係我錯……

佢：嗯嗯嗯……

到佢放好晒啲排版，6754 嘅病人因為藥物問題而想見多次醫生，咁我就叫 Pinky 拎返個排版出嚟～

但過咗成 5 分鐘，佢都搵唔到……

我：你頭先至放上架咋喎！

佢：我搵唔到呀！

我：你唔係跟 Number 放㗎咩？

佢：好似係！

我：我搵啦我搵啦……

我搵咗好耐，終於搵到 6754 去咗邊！他媽的，佢去咗 5763 隔籬！

我：Pinky，6754 點解去咗 5763 嗰度㗎呢？

佢：嗯嗯嗯……

我：你亂放㗎？

佢：我有順 Number 㗎……

我：6754 同 5763 爭好遠啊！

佢：都係有 6，7，5……

我頭頂突然好似有道雷電劈開咗我個腦囟！仆街啦，即係頭先成棟排版都………屌你，我咪要全部攞晒出嚟睇？

我望住高過我，橫跨整間房，密麻麻嘅排版櫃…望唔透，睇唔通……眼角滲出淚水……嘴角重複又重複咁飆咗好多個單字出嚟……

屌……屌……屌……屌……屌……屌……屌……屌……屌……
屌……屌……屌……屌……屌……屌……屌……屌……屌……
屌……屌……屌……屌……屌……屌……屌……屌……屌……
屌……屌……屌……屌……屌………… 👍 6,318

259

case	symptom	欺 早 餐
#98	remark	★中伏系列四

我搵得晒所有排版嚟都天黑……上上落落搬搬抬抬，真係做死人
哋個女咩！谷膠氣收工瞓覺！看似平安嘅完結…又係另一幕嘔血
之作……

伏三！

第二朝返工，Pinky 好準時返到～

我：早晨，你去掃咗地先吖～

佢：吓？合約工作上冇一項話要掃地喎！

我：簡單清潔嘛……

佢：掃地都唔算！

我：咁邊啲先叫簡單？

佢：執吓自己張枱囉！

我：……掃個地有幾唔簡單呀？

佢：我唔做呢啲㗎，做埋清潔嗰份就唔得！

我：咁你返嚟做乜？

佢扭一扭 Pat pat 扮可愛：我嚟做姑娘㗎！登記囉！

我：你尋日連登記同攝排版都做唔好……

佢又扮可愛嘟起個嘴：人人都由零開始㗎啦，你多啲教我咪
OK囉！

我：你肯學就得啦⋯⋯

於是我去掃地，佢就坐喺登記處度唔知撩乜嘢⋯⋯

佢：呀！

仆你個街，又大嗌！你唔好成日大嗌得唔得呀？我就快心臟病發
兩腳一伸㗎喇！

我：乜呀又⋯⋯

佢：你收埋咗啲外賣紙喺邊呀？

我：冇呢啲。

佢：咁我食乜呀？

我冇佢咁好氣：唔食囉。

佢：喂，我講真㗎，咁我食乜呀，我未食早餐呀！點～算～呀～

我：你合約上有一項工作係食早餐咩？

佢：呢啲係人權，我未食早餐做唔到嘢㗎！點算呀～冇

外賣紙！

我：你自己出去買囉！

佢：有乜好食啊～

我火都嚟：你要食就自己出去買，快手啲！

佢去咗買早餐後，我去咗打電話畀劉小姐，諗住打去宣洩我嘅不滿，叫佢炒9咗呢個陀衰家大食懶…

我：喂？劉小姐？我係乜乜區寶豬，尋日返工嗰個新人好唔掂，幫唔到手之餘仲要畀麻煩人，令我工作量大增！可唔可以送佢走呀？我唔要拍住個咁嘅人做嘢呀！

劉小姐：你等等呀……

又多瑙河…又多瑙河…又多瑙河…又多瑙河…又多瑙河…又多瑙河…嗰啲慢得嚟又有啲輕快嘅音樂…真係好舒服好舒服，令人心境變得好平和，果然係名曲…原本想講十八字粗口嘅我，都變到好想瞓……

嘟………

你老味，又 Cut 線？我心境平和緊，多瑙河洗滌緊我心靈㗎嘛！

呢個時候，Pinky 姐拎住一袋麥當當回來了～坐喺登記位度開擇擺陣，加啲黑椒加啲鹽，慢慢歎佢嘅早晨全餐……

有病人入嚟：姑娘登記。

Pinky 姐仿佛同佢嘅膠刀叉膠人合一，大嗌：呀邊個！登記呀！有人嚟呀！

究竟我係新人定佢係新人……

我終有一日一定會打得通劉小姐電話㗎！我！發！誓！ 👍 4,150

衰女包！
我要替天行道！

ERROR!

263

case	symptom	豬 都 有 火
#99	remark	＊中伏系列五

成個上畫，我都好似妹仔咁吊住喺佢尾，一路示範點登記點出藥一路教，久唔久就放手叫佢做，一見到錯就捉住佢，感覺上都改善咗好多……

咁我下畫就開始放手，畀佢自己一個做……

伏四！

有個病人睇完醫生，Pinky 姐負責出藥收錢～

佢：$200 呀！

病人：吓？就咁？

佢：啲藥喺袋度。

病人倒啲藥出嚟問：呢啲乜藥？點食㗎？

佢：袋面有寫，自己睇。

病人：你乜態度呀？咁對客㗎？

佢：你識字叫你自己睇有乜問題？

病人：我冇見過一個好似你咁差！叫你阿 Head 出嚟！

阿 Head ？是我嗎？真的是我嗎？

佢又大叫：呀邊個，搵你呀！

我喺藥房行出嚟：係，小姐，有乜事呢？

病人：我要投訴佢。

我：我都好想。

病人望住我，我又望住佢，突然心入面哼起咗：有著我便有著你，真愛是永不死～穿過喜與悲，跨過生和死……呢一秒係屬於我倆的…大家都突然明白了…

病人：哦……

我望住病人失落嘅背影，我真係扯晒火！即刻轉身射個三分波，想打爆 Pinky 姐！

我：Pinky 姐，你唔想做咋嘛？你返嚟玩嘢㗎？

佢：佢識字㗎嘛！自己睇有乜問題？

我拳頭硬了：我屌你咻！你返工返到咁，你不如唔好做啦！咁搞法，一係你死，一係我死……

佢：咁你去死囉，我唔覺有問題，你死咗都冇人恨啦！

我…我……我呆咗……

我要去聽多瑙河！我要去洗滌我嘅心靈！唔好叫我冷靜啲呀！

👍 4,765

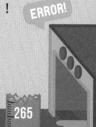

265

case	symptom	離 所 出 走	
#100	remark		★中伏系列六

我飛撲去打電話畀劉小姐，一句「等等」之後永遠都係多瑙河！多你老母，多你老母，多你老母，多你老母，多你老母，多你老母，多你老母，多你老母，多你老母，多你老母，多你老母，我好很躁呀！

望住 Pinky 姐個串樣，加上電話永遠打唔通，我爆啦！我拎起手袋，一支火箭炮咁衝出診所～

後面嘅 Pinky 姐就大嗌：喂！你做乜呀？去邊呀？

Sorry！我係浪子！你食屁啦！

行咗出去唔夠半個鐘，我手提就響起了…

我：喂？

佢：我係劉小姐，你去咗邊？

我：冇多瑙河聽啦嘛？

佢：你去咗邊？你咁係曠工呀！

我：你係咪玩我？專登請個咁嘅人返嚟！打畀你又唔聽電話！聽咗就永世界多瑙河我聽～

佢：你返咗去先啦！

我：我同唔到佢一齊做嘢，我辭職啦！

佢：辭職都要一個月通知，你簽咗合約㗎嘛！

我：一係佢，一係我，你揀！

佢：唔好咁細路女啦！

我：一係你落嚟做！

佢：你返咗去先，診所冧檔啦，我會解決。

我：你唔好再畀多瑙河我聽，再聽嘅我會直接衝上你公司……

佢：你返去先，問題我會解決㗎喇！

我返到去照做嘢，叫 Pinky 姐齋坐喺度乜都唔好做，完全當佢隱
形算。到 5 點 45 分左右，劉小姐打電話嚟搵 Pinky ～

佢一聽電話塊面先係僵晒，後而有怒氣睥住我……

收線後，Pinky：你好嘢！而家我唔使做喇！你開心啦？

老老實實，真係好開心，好似童話故事咁 Happy ending 呀！

我：下次返工唔好咁啦！

佢：我賺錢過日辰，呢啲工好馨香咩！

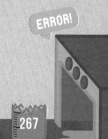

ERROR!

我：哦。

佢：你慢慢捱喇喎！慢慢做喇喎！

我：哦。

佢：我要做嘅叼過你，你仲有得坐喺度？

我：哦。

佢：你低能㗎？冇第二句㗎啦？

我：哦。

冇啦，冇第二句㗎啦～你都走啦，我又唔係你媽咪，做乜要同人教女呢？我怕我一時之間掩飾唔到我興奮嘅心情咋！Yeah！Yeah！Yeah！Yeah！Yeah！Goodbye！👍 7,971

ERROR!

攝氏華氏對應表

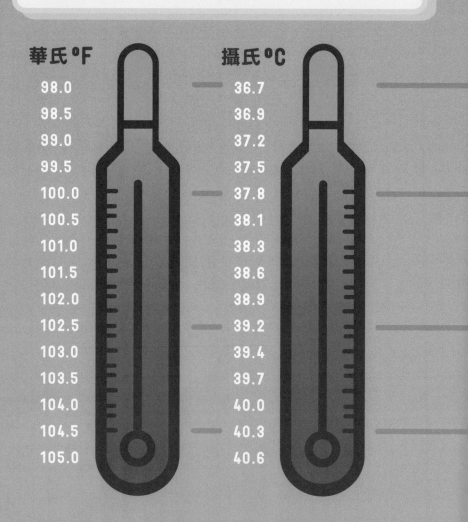

華氏 °F	攝氏 °C
98.0	36.7
98.5	36.9
99.0	37.2
99.5	37.5
100.0	37.8
100.5	38.1
101.0	38.3
101.5	38.6
102.0	38.9
102.5	39.2
103.0	39.4
103.5	39.7
104.0	40.0
104.5	40.3
105.0	40.6

表面體溫

耳探	肛探	口探
正常	正常	正常
發燒	發燒	發燒
高燒	高燒	高燒
嚴重	嚴重	嚴重

* 本圖表只供參考，有發燒就要去睇醫生喇！

診所低能奇觀2
FUNNY + CLINIC

作者 珍寶豬

總編輯 Jim Yu
編輯 Venus Law

設計 Katiechikay
插畫 安祖娜 D.
製作 點子出版

出版 點子出版
地址 荃灣海盛路 11 號 One Midtown 13 樓 20 室
查詢 info@idea-publication.com

發行 泛華發行代理有限公司
地址 將軍澳工業邨駿昌街 7 號 2 樓
查詢 gccd@singtaonewscorp.com

出版日期 2015 年 7 月 15 日 初版
2015 年 11 月 28 日 第三版

國際書碼 978-988-13612-2-6
定價 $88

————————————————————— Made in Hong Kong —————————————————————

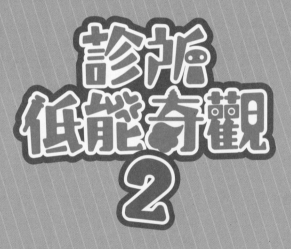